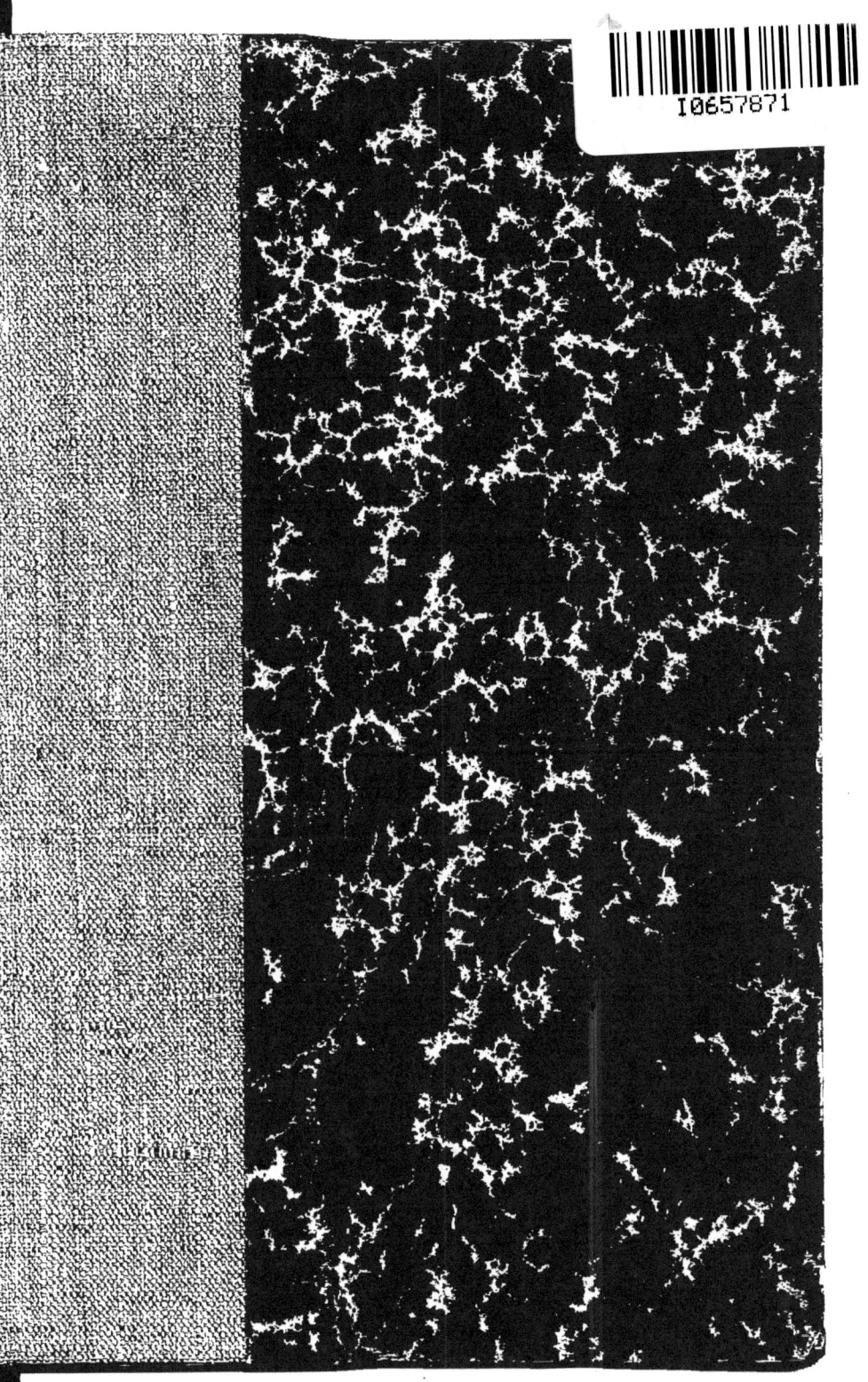

I0657871

AMERTENS REL

Y²
40971
3u5

PRIX : **60** *centimes*

HENRY LAPAUZE

DE PARIS AU VOLGA

Ouvrage couronné par l'Académie française

7703

PARIS
ERNEST FLAMMARION, ÉDITEUR
26, rue Racine, 26.

DE PARIS AU VOLGA

944 (345 346)

ÉMILE COLIN — IMPRIMERIE DE LAGNY

HENRY LAPAUZE

DE PARIS

AU VOLGA

OUVRAGE COURONNÉ PAR L'ACADÉMIE FRANÇAISE

PARIS

ERNEST FLAMMARION, ÉDITEUR

26, RUE RACINE, PRÈS L'ODÉON

Tous droits réservés.

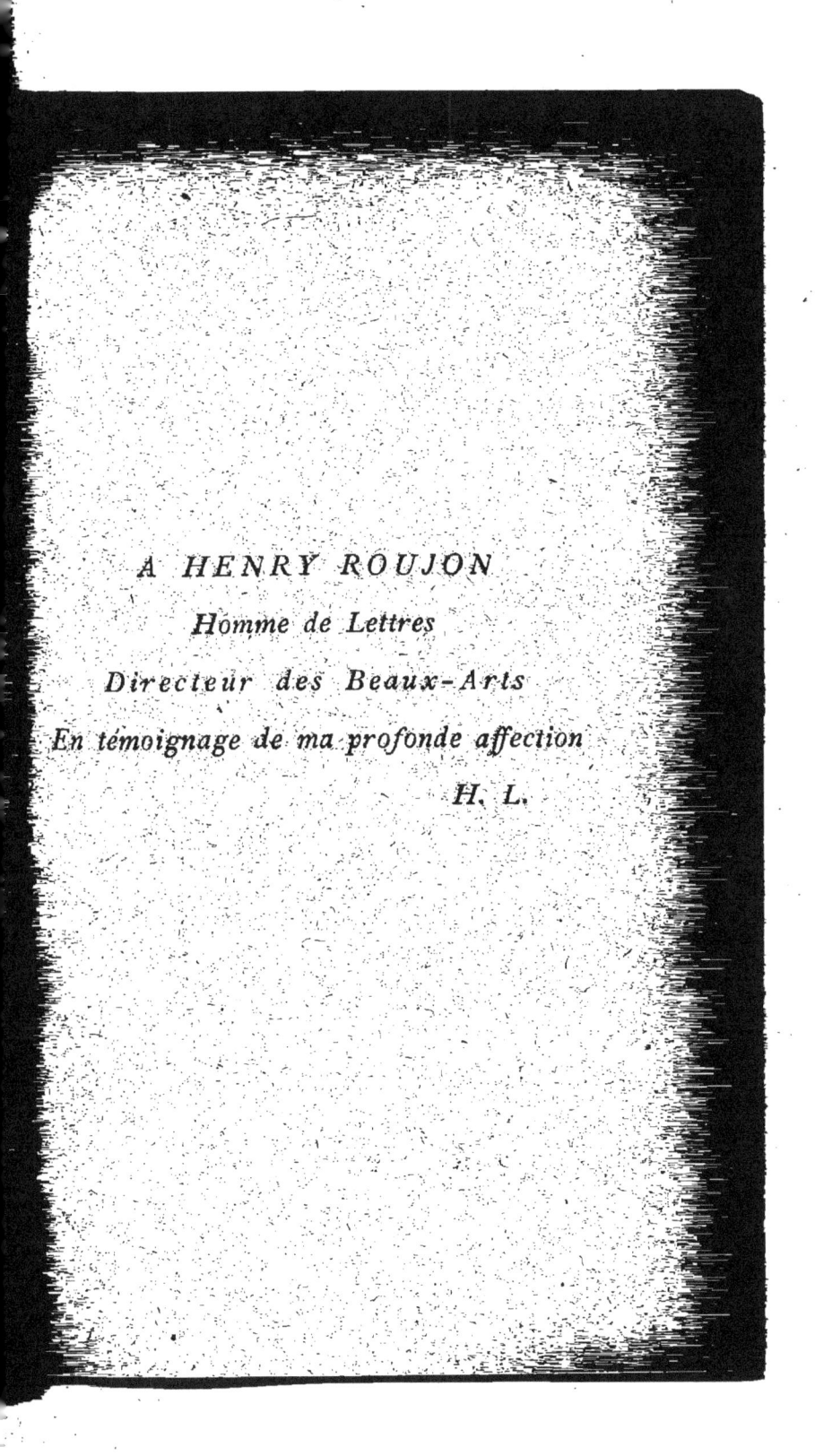

A HENRY ROUJON

Homme de Lettres

Directeur des Beaux-Arts

En témoignage de ma profonde affection

H. L.

DE PARIS AU VOLGA

LE NORD-EXPRESS

10 mai 1896.

Le Nord-Express, dont j'ai l'étrenne en aimable et nombreuse compagnie, est un succès.
Sur le quai même de la gare on considère avec
curiosité et intérêt ce train qui doit faire en
quarante-huit heures le trajet de Paris à Saint-
Pétersbourg. Quarante-huit heures !... C'est
abréger d'un tiers un voyage qui ne va pas sans
fatigues. Sur tout le parcours, une foule de
braves gens se presse aux environs des gares,
pour nous voir filer à toute vapeur.

Il paraît que la Compagnie des wagons-lits a eu toutes les peines du monde à réaliser ce progrès. Les autorités allemandes n'en voulaient entendre parler à aucun prix. Pourquoi ? Probablement parce qu'elles y flairaient un trait d'union de plus entre la France et la Russie. De fait, le Nord-Express facilitera singulièrement les relations des deux peuples. Les Allemands peuvent se consoler en se disant qu'il n'ajoutera rien à leur cordialité. Le maximum de sympathie était atteint avant le maximum de vitesse.

Les résistances ont été enfin vaincues. On nous dit, cependant, que les populations allemandes eussent préféré qu'on choisît un autre moment pour céder. Le premier effet de la concession n'est-il pas de faciliter aux Français l'accès de la Russie à l'instant précis où, à l'occasion des fêtes du Couronnement et du Sacre de Leurs Majestés l'Empereur Nicolas II et l'Impératrice Alexandra, il nous est plus particulièrement agréable de venir témoigner de nos sentiments à nos amis ?

Mes compagnons de voyage portent déjà sur leur visage l'air de fête que nous allons trouver là-bas. Beaucoup de Russes, à commencer par S. A. I. le Duc de Leuchtenberg, M. Serge de Tatischeff, I. Pavlovsky, correspondant à Paris du *Novoié Vrémia;* un jeune ménage portugais, quelques familles françaises.

Un arrêt d'une demi-heure. Nous sommes à Jeumont, et les douaniers font des leurs. Ils déploient un zèle aussi inutile qu'importun. Je m'absorbe, faute d'un spectacle plus récréatif, dans la contemplation de leurs moustaches, les plus belles que j'aie jamais vues.

Nous voici à Charleroi. Une invasion de casquettes galonnées. C'est à croire que la population de la ville entière appartient à l'administration du chemin de fer. Une autre invasion : celle des pipes. Elles sont innombrables et, par surcroît, monumentales. Leur fumée lutte avec avantage contre celle des cheminées d'usines qui, de tous côtés, encerclent l'horizon. Je descends, avec l'espoir d'entendre parler belge. Mais les naturels de Charleroi sont malins. Ils se défient, et c'est le plus pur français qui sonne à mes oreilles, vainement en quête de locutions et d'accents locaux. Le belge traditionnel ne serait-il qu'une légende ?

Nous commençons à être inquiets. Notre inquiétude cesse à Liège, où plusieurs Belges authentiques se chargent obligeamment de nous rappeler que nous avons, depuis un bon moment, passé la frontière.

Nous nous mettons à table, ce qui est encore la meilleure façon de délier les langues. Les présentations se font tout naturellement. Le jeune ménage portugais voyage pour son plaisir. M. de C... è S... n'a pas trente ans, et il a trouvé moyen d'échafauder une très grosse fortune, au Brésil, en appropriant la vente des cafés au système des syndicats. Maintenant il passe sa vie à courir le monde, mais il lui faut le « confort », et il y insiste en tirant d'épaisses bouffées d'un cigare énorme : « Sans le confort, à quoi bon voyager ? »

Il a voulu être du premier voyage du Nord-Express, ce qui faisait bien, et à Moscou il compte aller à la Cour en qualité d'étranger de distinction. La table à côté de nous est occupée par la famille d'un sénateur de la Charente, M. Laporte-Bisquit, homme aimable, curieux de toutes choses et avisé. Il y a même un impresario, M. Gunzbourg, Roumain naturalisé, et dont l'extraordinaire faconde nous distrait. Les heures passent à l'entendre. Il raconte qu'à dix ans il ne savait ni lire ni écrire. A quinze ans il avait ses deux baccalauréats. A dix-huit ans il était docteur en médecine. Il est l'ami de tout le monde et tout le monde l'a pour ami. Alexandre III lui faisait des confidences, et je ne suis pas bien sûr qu'il ne nous ait pas dit devoir jouer un grand rôle pendant les fêtes du sacre.

Au café nous franchissons la frontière d'Allemagne. Nous voici à Herbesthal, la première station allemande. Fini de rire. Un casque à pointe, que j'aperçois sur le quai, m'en fait instantanément passer l'envie. Mes compagnons descendent pour s'occuper des formalités de la douane. Moi, je m'enfonce dans mon coin, j'ouvre un volume de Musset, qu'au moment de partir j'ai mis dans ma valise, et je relis ces vers :

> Nous l'avons eu, votre Rhin allemand !
> Il a tenu dans notre verre...

On se console comme on peut... Les montres marquent onze heures. Le bercement du wagon

invité au sommeil. Gagnons nos lits ! Demain
matin, au réveil, nous serons à Berlin... Je tâ-
cherai de me rendormir.

11 mai.

Sur le quai de la gare du Nord, au moment
des adieux, un voyageur s'était avancé vers
nous : « Je suis M. Dupont, nous avait-il dit ;
vous savez bien, M. Dupont du *Diplomate* et de
l'Armée, M. Dupont, un peu parent du général de Boisdeffre, un peu son secrétaire,
beaucoup son ami... Je rédigerai le *Journal* de
la mission, journal confidentiel, d'ailleurs, et
qui sera remis au président de la République,
au retour... »

M. Dupont est un homme de trente-cinq ans.
Il parle d'une voix blanche et regarde avec des
yeux d'épileptique. Il s'insinue parmi nous,
s'offre à déplacer nos bagages, veut être notre
ami, notre ami intime, qui nous dira tout et à
qui nous dirons tout. Il y tient, car il a pour
nous une véritable sympathie. Il appelle « cher
maître » M. Gunzbourg et le Portugais. Le
Portugais, que cela amuse, lui offre des cigares
qu'il refuse d'ailleurs, et des dîners au cham-

pagne qu'il accepte... Il s'est déjà proposé à lui
en qualité de secrétaire ! M. Dupont est un type
évidemment, mais il faudra le tenir à l'œil.
Vraiment, si, comme nous le croyons, c'est un
policier, la Sûreté générale aurait pu faire un
meilleur choix, car le voici déjà percé à jour.
Policier ou non, M. Dupont excelle à ne point
mettre la main à la poche. Quand nous arrive-
rons à Pétersbourg, il n'en aura pas tiré un cen-
time : le Portugais, avec bonne humeur, l'a
pris à sa charge. En revanche il descend aux
stations-frontière promener le chien de Mme de
C... è S...

... La nuit a été mauvaise. L'écartement des
voies russes est plus large que celui des autres
voies européennes, d'où un transbordement
de bagages fait à tâtons dans la nuit des wa-
gons et les yeux brouillés. Fort heureusement
M. Dupont était là pour nous aider... Quand
nous nous réveillons pour la seconde fois, il
y a quelques heures que nous avons pénétré
en Russie. A notre grande stupéfaction, les
champs sont couverts de neige, et, aux stations,
nous ne pouvons plus faire les cent pas ou rester
dans le fumoir sans être chaudement vêtus.

Ce brusque changement de température nous donne la chair de poule. Cependant le soleil ne tarde pas à monter à l'horizon, tout rouge d'abord, et avec des lueurs d'incendie qui baignent étrangement les steppes neigeux. Plus loin d'ailleurs la neige a disparu. Le ciel est d'un bleu très pur et maintenant le soleil se joue dans les bois que coupe la voie ferrée. Il ne fait pas plus chaud, car le soleil est glacé, mais il *fait moins triste*. Une chose nous frappe : nous traversons des steppes profonds, sans aucun mouvement de terrain. C'est l'uniformité plate d'une plaine immense et désolée, sans culture et même sans végétation naturelle. Et le plus curieux c'est que sur une étendue de plusieurs kilomètres carrés, il n'y a pas la moindre isba. De loin en loin, au bord d'un marais où ils s'abreuvent, de menus troupeaux de vaches d'une maigreur d'Apocalypse.

La végétation commence à une centaine de verstes de Pétersbourg. Le voisinage de la capitale et des châteaux impériaux — nous passons à proximité de Gatchina — a attiré ici les efforts individuels. Des usines s'élèvent. D'autres fonctionnent depuis longtemps. Dans la plaine s'étagent les cultures de céréales, et à l'orée des bois touffus des troupeaux paissent une herbe déjà grasse. La civilisation n'aurait sans doute pas un grand effort à faire pour transformer les steppes stériles en champs producteurs...

SAINT-PÉTERSBOURG

Saint-Pétersbourg, 2/14 mai.

Et d'abord soyez rassurés : je ne vais pas découvrir Saint-Pétersbourg. Voilà longtemps que Théophile Gautier s'en est chargé, et il y aurait sans doute outrecuidance à le vouloir recommencer. Au reste, il fait un temps abominable. Quand il ne pleut pas il neige, et quand il a fini de neiger la pluie recommence. Sortir en *drojki* par ce temps, il n'y faut pas songer, et quant aux voitures plus élégantes à deux chevaux (et fermées) dites *likhatch*, ce n'est qu'après des efforts surhumains qu'on peut en avoir une à sa porte. Je n'ai donc pas vu Pétersbourg dans ses détails, et je crois que c'est grand dommage. Il faudra revenir ici en hiver. Le vrai Pétersbourg c'est celui qu'on visite en traîneau.

J'ai vu la Néva. Mon hôte, M. Serge de Tatischeff, occupe un appartement de l'Admiralteïskaya, avec précisément une rangée de hautes fenêtres sur la Néva. Très large, le fleuve roule ses flots impétueux du lac Ladoga au golfe de Finlande, et sur une longueur de 58 kilomètres à peine. C'est peu, et par là la Néva n'aurait rien de remarquable. Mais sa largeur, qui atteint jusqu'à 900 mètres à Pétersbourg même, fait de la Néva l'un des plus grands fleuves de l'Europe. Je ne sais rien qui parle davantage à l'imagination que la Néva du haut de ces fenêtres, le regard se portant un peu au delà du pont du Palais, vers les « îles », où la jeunesse dorée de Pétersbourg et l'étranger vont voir se lever le soleil !

J'ai passé une heure à l'Opéra, où j'ai entendu d'excellents artistes, mais où je n'ai pas vu une seule femme en décolleté ni un seul homme en habit. En revanche, beaucoup d'uniformes. C'est le même public au Théâtre Michel : on me dit que Leurs Majestés y viennent beaucoup et s'y plaisent infiniment. L'empereur Nicolas II surtout s'y amuse sans contrainte, riant volontiers, et volontiers aussi remerciant par l'envoi d'un « souvenir » les artistes qui l'ont le plus intéressé. Est-ce au Théâtre Michel qu'aurait été prononcé ce mot ? C'est là, du moins, que je l'ai recueilli. Quelqu'un s'étonnait respectueusement, devant Sa Majesté, de le voir toujours en uniforme de colonel. Et comme Nicolas II lisait un point d'interrogation dans les yeux du curieux :

« Que voulez-vous ! répondit l'empereur en souriant, je n'ai pas de protections ! »

Nommé colonel par son auguste père Alexandre III, l'empereur veut, dit-on, gagner sur le champ de bataille les étoiles de général.

3/15 mai.

La première impression en parcourant Saint-Pétersbourg est celle d'une très grande ville de province, Bordeaux, par exemple, avec qui la capitale russe a plus d'un point de contact : les vastes maisons ayant aspect d'hôtel, le fleuve où la navigation est très active et les brusques changements de température. Ici comme à Bordeaux, la pluie, pénétrante et fine, joue un très grand rôle. Cette première impression persiste, et on ne tarde pas à s'apercevoir, en effet, que Saint-Pétersbourg, malgré son million d'habitants, ne tourne même pas autour d'un quartier, mais seulement autour d'une rue, d'ailleurs fort belle : la perspective Newsky. En quelque lieu qu'on se rende, on est sûr, à l'aller ou au retour, de passer par là. C'est la promenade coutumière des Pétersbourgeois, dont les après-midi sont longues à vivre. Les Français s'y rencontrent de cinq à sept, ceux du moins qui ont conservé l'habitude de dîner à une heure raisonnable. Ceux-là dînent dans les trois ou quatre restaurants à la mode, Donon, Cubat, Contant et Pivato, entre lesquels ils ont le choix. On y retrouve les habitués de nos restaurants des boulevards, quand ils sont de passage à Pétersbourg. Des officiers, en uniforme, de hauts tchinovnicks (fonctionnaires). Un dignitaire de l'Empire n'y est point déplacé. Tout comme chez Paillard ou au café Anglais, des groupes sympathiques se sont formés, qui ont leur table réservée, où les affaires de Bourse alternent avec le potin de la nuit dernière.

On vit beaucoup la nuit à Pétersbourg et à
Moscou, plus même qu'à Paris, ce qui s'explique
par plusieurs raisons. Les Russes sont très
« résistants ». J'entends que, comme tous les
peuples jeunes, ils supportent aisément la fatigue ou le plaisir. Taillés en hercules, pour
eux les nuits sans sommeil sont jeux d'enfant.
Du reste, qu'ils dorment la nuit ou qu'ils se
reposent le jour, c'est pour eux même compte,
la « nuit noire » durant à peine deux heures
ou trois. Il m'est arrivé de sortir de l'Opéra
quand le crépuscule commençait à peine. Et si,
d'aventure ayant soupé chez Cubat, nous ren-
trions à deux heures du matin, déjà le jour
pointait sur la Néva. Combien de fois avons-
nous regretté nos chambres à coucher de
France si bien organisées pour lutter avec
avantage contre l'aube naissante! En Russie,
au contraire, les larges baies donnent asile au
soleil levant. Et rien ne l'arrête, que des ri-
deaux de percale blanche, qui lui sont plutôt
hospitaliers. Il n'est pas un Français qui n'en ait
souffert, dès sa première « nuit ». Nous voici
nous remuant dans notre lit, fuyant la lumière
du jour, cherchant un refuge sous les couver-

tures... C'est en vain. Les couvertures elles-
mêmes, les draps de lit grands comme un mouchoir de poche, se liguent contre nous. Pour
peu qu'on s'agite, on n'a plus rien sur soi, les
femmes de chambre, qu'elles soient allemandes
ou russes, ignorant l'art de « faire un lit »...
Les Russes sourient volontiers à ces menus inconvénients de la vie. Au lit, il semble qu'ils
préfèrent un canapé très large, où ils font la
sieste enveloppés dans leur robe de chambre.
C'est le luxe de chaque maison. Déjà Théophile
Gautier l'avait constaté et il avait un faible
pour ce canapé, mille fois préférable à l'étroite
couchette mal bordée où il suffit d'un cauche-
mar pour nous jeter en bas.

« Tout le monde parle français en Russie » ;
j'avais entendu ce mot-là cent fois avant mon
départ. Il serait plus juste de dire que « tout le
monde » parle l'allemand. Notre langue est familière à la société russe. Nulle part, pas
même en France, on n'entend un français plus
pur que celui des Pétersbourgeois et des Moscovites. A la Cour, dans les salons ou dans les
clubs, on parle très couramment le français. Les
officiers entre eux s'entretiennent très souvent

dans notre langue et tout naturellement. Ce fait acquis, il est plus simple de constater que les fonctionnaires — je veux dire ceux à qui l'on a affaire quotidiennement — ne parlent presque pas le français, et même pas du tout. Dans un bureau de poste de Pétersbourg, j'ai dû à plusieurs reprises m'exprimer par gestes, et ce n'est qu'après des efforts surhumains, où je lançais au hasard quelques mots de mauvais russe, que j'arrivai à me faire entendre. Au contraire, l'Allemand trouve toujours à qui parler, — ce qui prouve qu'il nous reste quelque chose à faire. La diffusion de la langue française en Russie, dans les classes inférieures, est aussi nécessaire que la diffusion de la langue russe en France. Du moins, les Russes sont nombreux qui savent le français ; on compte sur les doigts les Français qui parlent le russe. Nulle part plus que dans les hôtels ou dans la rue le Français voyageant en Russie est dans un état d'infériorité évidente. Comment demander les choses les plus usuelles aux domestiques allemands, autrichiens, polonais ou tartares ? Ils n'entendent que le russe ou l'allemand. Vous hélez un *izvostchik* (cocher), et

vous lui remettez une adresse écrite à l'avance.
Qu'il accroche en route ou qu'il s'égare, et
qu'alors il vous questionne sur l'itinéraire à
suivre, — impossible de lui faire entendre un
mot : voilà comment « tout le monde parle
français ».

Cependant les *izvostchik* sont encore ceux
qui comprennent le mieux. Avec eux, on s'arrange toujours. Ce sont de très braves gens,
constamment gais et de bonne humeur ou le
paraissant, ce qui est la même chose, acceptant
neuf fois sur dix vos conditions, car vous faites
le prix d'avance, et se confondant en remer-
ciements si d'aventure vous leur donnez un
pourboire.

Presque tous ont laissé leur famille au village, dans l'isba ouverte à tous les vents. Très
vaillants, durs à la fatigue, et, dit-on, très
honnêtes, ils ont une manière à eux de conduire qui déconcerte toutes nos théories : ils
lâchent la bride sur le cou de leur cheval qui
file avec une vitesse souvent vertigineuse.
Pittoresques, d'ailleurs, dans leur vaste re-
dingote usée jusqu'à la corde et qui forme
houppelande, ils ont l'air malpropre, avec leur

barbe qui ignore les morsures du peigne. Mais
il paraît qu'ils n'en ont que l'air, du plus pauvre
au plus riche le Russe allant souvent au bain.

Les établissements de bains s'élèvent, en
effet, en très grand nombre à Pétersbourg et
à Moscou, et on n'imagine pas en France quel
luxe y est déployé. J'en ai compté une ving-
taine qui avaient, à peu de chose près, l'aspect
extérieur du Crédit Lyonnais, sur le boulevard
des Italiens. Ils sont vastes, très aérés, et
agencés à merveille. Tandis qu'à Paris, par
exemple, il est interdit de prendre un bain en
commun, sauf des cas tout à fait exceptionnels,
le Russe prend son bain en famille, dans des
cabines installées *ad hoc.* Les bains en cabine
particulière sont le dernier mot du confort. La
cabine se compose de trois pièces pour la
toilette, pour le bain et pour le repos devant
un feu de bois qui brûle sans cesse. On va au
bain comme on va rendre visite à un ami, en
passant, ou parce qu'on n'a rien de mieux à
faire, ou parce qu'il vous plaît de vous arrêter
une demi-heure.

Le temps si précieux pour l'Occidental n'est
rien jamais pour l'homme d'Orient. Il n'est

rien pour le Russe. Le Russe n'est pas pressé.
Il arrivera quand il le faudra, lorsque l'heure
aura sonné, et s'il n'arrive pas, qu'importe?
Ce calme imperturbable dans la vie est sans
doute une force. L'homme est deux fois
armé pour la lutte qui ne compte pas avec
le temps. Les Russes ont un mot terrible :
« Ça s'arrangera. » Ils vivent de ce mot-là.
Tout s'arrange, en effet, de même que tout
arrive. Je sais des Français qui étaient venus à
Pétersbourg pour leurs affaires. Quinze jours
devaient leur suffire. Ils y ont passé six mois,
souvent un an et parfois davantage. Beaucoup
y sont restés, et ils s'y trouvent bien, ce qui
ne doit pas surprendre, le Russe étant très
accueillant et facilitant plus que tout autre
peuple les affaires de l'étranger. Il n'est pas
de ville au monde où les colonies françaises
soient plus prospères qu'à Pétersbourg et à
Moscou. L'important est de savoir patienter.

4/16 mai.

Je dois à mon éminent ami, M. de Tatischeff,
d'avoir pu juger dans les conditions les meilleures des sympathies franco-russes. Membre

du Club anglais, qui est le Jockey de Pétersbourg, M. de Tatischeff m'avait introduit. C'est
un honneur, même pour un étranger, le Club
étant très fermé. Le général Dokhtourof le
préside.

Le général Dokhtourof, qui commandait en
dernier lieu le corps de cavalerie de l'avant-
garde de l'armée russe marchant sur Andri-
nople, en 1878, se donne tout entier au Club,
et on lui doit pour beaucoup cette installation
vraiment grandiose dans l'hôtel Radziwill, où
habitèrent pendant un quart de siècle le général Le Flô, le général Chanzy, M. Lefebvre
de Laboulaye. J'ai pris le *vodka* dans l'ancien
salon de danse de l'ambassade de France, et
j'aurais pu digérer à mon aise l'excellent dîner
russe dans le cabinet de travail de nos ambassadeurs transformé en cabinet de lecture.

Dois-je l'avouer ? Tandis que M. de Tatischeff
me présente à ses amis du cercle, mon cœur
bat un peu. On a beau se dire, en quittant
Paris, que l'ignorance du russe n'est pas un
empêchement à un voyage en Russie, je me
demande, à ce moment précis des présentations, si je serai entendu. Mes appréhensions

ne sont pas de longue durée. Tout ce monde-là est plus Français que Russe. Pardon, j'entends dire qu'il parle français à merveille. A table, je suis à la droite de M. Boukharine, cousin du général Annenkoff et de M. E. Melchior de Vogüé. C'est un ami de la France de la première heure. Ils sont tous ici, d'ailleurs, des amis de la France : MM. Goubastof, directeur au ministère des affaires étrangères ; Schostak, ancien gouverneur de Tchernigof, l'aide de camp général Soltikof, etc.

Nous ne sommes pas sur les bords de la Néva. Nous sommes boulevard des Italiens ou, si vous préférez, rue Scribe. De légers refrains, très parisiens, montent aux lèvres de mes hôtes, évocateurs de vieux souvenirs, et ceux-là même qui n'ont pas fait le voyage de Paris depuis bien des années s'intéressent toujours aux boulevards.

La politique est bannie des conversations du cercle, et d'ailleurs on n'en fait pas en Russie.

Mais peut-on recevoir un Français sans s'attarder un peu sur nos intérêts communs et sur nos sentiments ? Quelqu'un ayant parlé de Cronstadt, je parle de Toulon et de Paris :

« Qui pourrait décrire l'enthousiasme de notre peuple de Paris ? »

Et M. de Tatischeff, qui était de ces fêtes, et qui en a été ému comme nous tous, dit que, pour sa part, il doit y renoncer. Ces mots tombent dans le silence de nos réflexions :

« Combien cela durera-t-il ? »

Moi-même, tout à l'heure, je poserai la question à M. de Tatischeff, l'un des hommes qui connaissent le mieux les dessous de la diplomatie et l'un de ceux — on le sait depuis longtemps en France et en Russie — qui ont le plus fait pour l'alliance des deux pays.

Nous sortons. Nous allons franchir le seuil, mais M. de Tatischeff s'est arrêté. Il prononce mon nom. Puis :

« M. de Nabokof, » me dit-il.

M. de Nabokof veut bien s'intéresser à nous. Il nous parle des fêtes du Sacre, qui nous appellent à Moscou : « Vous vous fatiguerez beaucoup, mais ce sera si émouvant ! » M. de Nabokof a été, pendant près de vingt ans, ministre de la justice sous Alexandre III. Il est grand-cordon de Saint-André, c'est-à-dire l'un des plus hauts dignitaires de l'empire.

C'est à lui qu'est échu l'honneur de porter, le jour du sacre, le manteau impérial de Nicolas II.

J'ai recueilli, depuis trois jours que suis à Pétersbourg, des « bruits divers ». Tout n'est pas également bon à retenir, mais j'ai voulu m'éclairer sur un point particulier, et m'en suis ouvert à M. de Tatischeff :

« La question que vous avez entendu poser tout à l'heure : « Cela durera-t-il ? » je me la suis déjà posée moi-même. Non pas, certes, que la parfaite loyauté de nos amis doive être mise en doute, mais il me semble que la vieille influence allemande n'a pas tout à fait disparu de la Cour, et cette constatation m'inquiète. Je ne crois pas, dans tous les cas, que le « Cela durera-t-il ? » puisse s'appliquer aux Français, qui voient dans l'alliance russe un nouveau gage de force et de sécurité réciproque. »

M. de Tatischeff sourit.

« Voulez-vous, me dit-il, que nous fassions un peu d'histoire ? Sans remonter à la visite de Pierre le Grand au Régent, qui ne s'était rendu à Paris que pour proposer à la France

l'alliance de la Russie, en échange de sa re-
nonciation à l'alliance de la Suède, de la Pologne
et de la Turquie, rappelez-vous les efforts
tentés dans le même but par les deux pays au
cours de ce siècle. La période qui va de 1870 à
Cronstadt est caractéristique.

» On n'a pas oublié l'attitude réservée de la
Russie en 1870. Elle s'explique par la guerre
de Crimée, l'intervention de Napoléon III en
faveur de la Pologne, et par divers froissements
qui, Dieu merci, devaient être bientôt oubliés.

» C'est, du reste, de 1870 que date la prise
de possession de soi-même, si vous préférez, la
« venue » de la raison. Après les malheurs de
la France, on se demanda des deux côtés pourquoi nous nous étions si souvent combattus ;
on alla un peu au fond des choses et on ne
tarda point à se rendre compte que c'étaient
toujours nos soi-disant amis et alliés qui y
avaient seuls trouvé bénéfice.

» De nos luttes diplomatiques ou autres,
Français ou Russes, nous n'avions jamais rien
retiré. Est-ce que cela ne devait pas prendre
fin? N'y avait-il donc pas moyen de s'entendre
une bonne fois pour toutes?

» Le principat de M. Thiers dura peu : on eut à peine le temps de renouer des rapports d'amitié avec la Cour de Saint-Pétersbourg ; mais c'est surtout à partir du moment où M. le duc Decazes prit le ministère des affaires étrangères que la politique de la France commença à graviter vers la Russie. Il faut hautement rendre cette justice à l'éminent homme d'Etat que, tout de suite, il vit clairement la situation. Il sentit fort bien que la France et la Russie étroitement unies, c'était pour les deux nations une ère nouvelle qui s'ouvrait, et dont les résultats pourraient être des plus heureux. Admirablement secondé par des ambassadeurs tels que les généraux Le Flô et Chanzy, le duc Decazes travailla avec ardeur au rapprochement désiré. C'est à ses efforts qu'on dut l'intervention si heureuse du tsar Alexandre II en 1875.

» Au lendemain du Seize Mai, il se produisit un temps d'arrêt. Comme il arrive trop souvent, le parti nouvellement arrivé au pouvoir se crut obligé de prendre tout juste le contrepied de la politique suivie par ses prédécesseurs, si bien que, au Congrès de Berlin, la France resta absolument neutre dans les questions qui intéressaient à un si haut degré la Russie. Les plénipotentiaires français, MM. Waddington et de Saint-Vallier, non seulement ne songèrent pas à lui payer la dette de reconnaissance contractée deux ans auparavant, mais ils évoluèrent ostensiblement dans le sens d'une alliance franco-allemande, qui ne devait point aboutir, car c'était une insanité politique (*sic*).

» Je me rappelle, à ce propos, avoir revu plus tard le duc Decazes :

— » Voyez-vous, me disait-il, depuis le Congrès de Berlin, une malédiction pèse sur la politique extérieure de la France !

— » Parbleu ! lui répondis-je, c'est la malédiction de Saint-Vallier !

» Heureusement Gambetta, dès qu'il prit possession du pouvoir, ne tarda pas à comprendre ce qu'il y avait à tirer d'une alliance franco-russe et, de très bonne foi, il chercha à se rapprocher de la Russie. Tous les cabinets qui succédèrent au sien continuèrent à marcher dans la voie qu'il avait tracée. Jules Ferry lui-même, quoi qu'on en ait dit, n'était rien moins que notre adversaire, et plus d'une fois je l'ai entendu déclarer que si, à l'époque où il était au pouvoir, la Russie avait été libre de tout engagement avec l'Allemagne, lui aussi aurait travaillé de grand cœur à une entente qui lui paraissait également utile et nécessaire aux deux pays.

» Tout était là, en effet : être libre. C'est à l'empereur Alexandre III que la France doit d'avoir rompu les liens qui l'attachaient aux empires d'Allemagne et d'Autriche. Le tsar décida enfin que, à l'avenir, la Russie suivrait la politique de ses intérêts et celle-là seulement. Et, en même temps que nous travaillions à faire connaître votre pays à nos concitoyens, vos écrivains et vos savants recueillaient la pensée russe dans toutes ses manifestations : tels, vous le savez, M. E.-M. de Vogüé, M. A. Leroy-Beaulieu, M. Rambaud, M. Louis Léger. Le terrain était peu à peu préparé, et lorsque vos ministres montrèrent leur désir de sceller une entente avec notre pays, tout le monde, en Russie comme en France, y applaudit de tout cœur.

» Ce sont là des faits. Comment, après cela, peut-on se demander si l'entente durera ? Les

3

deux peuples se sont cherchés longtemps à travers des siècles ; ils se sont enfin retrouvés : ils resteront désormais indissolublement unis.

» L'empereur Nicolas II a toutes sortes de raisons pour aimer la France. Il a été infiniment touché des manifestations de respectueuse sympathie qui lui sont arrivées de tous les points de votre pays au moment de la mort de son auguste père. Vous savez la vénération de Nicolas II pour la mémoire d'Alexandre III : il ne saurait oublier à quel point elle a paru et elle paraît chère aux Français.

» Ne croyez pas que l'influence allemande existe encore à la Cour, surtout au point de faire échec un jour ou l'autre à la politique des deux pays. Notre gracieuse souveraine n'a pas d'autre désir que le bonheur de son peuple, et si elle fait de la politique, tenez pour certain que cette politique est celle de l'empereur.

» Vous savez, d'autre part, à quel point les grands-ducs sont les amis de la France, et combien ils s'y plaisent. S'il en était un qui eût des sentiments différents, il saurait les faire taire devant l'intérêt supérieur de son pays.

» L'armée ! Mais il me paraît qu'elle témoigne assez souvent de ses sentiments affectueux pour votre armée. Comme l'armée française, l'armée russe attend et espère, voilà tout.

» Enfin, la diplomatie elle-même vous est acquise. Il y a eu des tiraillements au début, et feu M. de Giers n'adopta pas tout de suite, tant s'en faut, les idées de vos amis de la première heure. Mais lorsque Alexandre III les prit sous son aile, le ministre s'y résigna et alla de l'avant. Le prince Lobanoff-Rostowsky les a à son tour adoptées, et il les défend avec l'ardeur d'un néophyte. Son voyage en France surtout, en lui permettant de mesurer toute l'étendue des résultats, a fait du prince Lobanoff l'ami le plus ardent de votre pays et de l'alliance franco-russe. Il a vu à ce moment votre ministre des affaires étrangères, M. Hanotaux, avec lequel il s'est lié d'amitié, — et on peut compter que le prince, d'une loyauté absolue, fera tout pour éviter le moindre accroc.

» Le peuple ? C'est Cronstadt, Pétersbourg et Moscou, comme en France c'est Toulon, c'est Lyon et Paris. C'est la Russie tout entière comme c'est la France du plus petit village aux plus grands centres.

» Il n'y a donc aucune appréhension à concevoir. Nous sommes unis, — et nous le resterons pour le plus grand profit et la plus grande gloire des deux pays. Et l'on peut affirmer que ceux qui ont travaillé au rapprochement de la France et de la Russie ont le droit d'être satisfaits, car leur œuvre est bonne et sert leurs patries: ils ont — qu'on n'en doute pas — bien mérité de l'humanité tout entière. »

LES THÉATRES RUSSES

A SAINT-PÉTERSBOURG

Le Russe aime beaucoup le théâtre. Il adore
la musique. Il se passionne au ballet. Saint-
Pétersbourg a trois théâtres impériaux : l'Opéra
(Théâtre Marie); le Théâtre Alexandre (drame
russe), et le Théâtre Michel. Moscou en a deux :
le Grand-Théâtre et le Petit-Théâtre.

Le Théâtre Marie de Saint-Pétersbourg
donne des opéras en russe, en allemand et en
français. Il donne aussi et surtout des ballets.
Deux mille spectateurs peuvent y trouver place.
Et quel enthousiasme ! J'ai assisté à plusieurs
représentations, tant au Théâtre Marie qu'au
Grand-Théâtre, à Moscou : on a régulièrement

rappelé jusqu'à huit fois les artistes, avec toujours une préférence marquée pour les étoiles
de la danse. Le Russe délire au ballet. Il envoie des fleurs quand il ne les jette pas lui-
même aux pieds des danseuses. J'ai vu des
femmes lancer sur la scène les roses de leur
corsage. Il n'est que juste de reconnaître que
les amateurs de ballet sont servis à souhait.
Leurs danseuses ont pour elles la grâce de la
jeunesse, qualité essentielle en l'espèce, et
peut-être trop sacrifiée ailleurs. Elles ont aussi
l'avantage des traditions rigoureuses de l'école
de ballet, par laquelle toutes, ou à peu près,
ont dû passer. Cette école fonctionne dans les
deux capitales. A Saint-Pétersbourg, le nombre
des élèves est de cent vingt-cinq, dont soixante-
quinze filles et cinquante garçons. Le budget
annuel est de cinquante mille roubles. Tout ce
petit monde y commence ses études, en qualité
d'externes. On n'y fait point que de la danse.
On y donne également l'instruction primaire.
A l'âge de dix ans, après un examen minutieux,
les externes deviennent internes. Pendant huit
ans, on apprend aux élèves à vaincre toutes les
difficultés de la danse, et à l'âge de dix-huit

ans, jeunes gens et jeunes filles entrent dans le corps de ballet.

Six professeurs se partagent la besogne, et on s'accorde à louer leur zèle. Ils restent tous attachés très longtemps à l'école. Leur doyen appartient au théâtre impérial ou à l'école depuis 1837. C'est M. Johansohn qui fut le partenaire de la Taglioni. Il est professeur de perfection depuis plus d'un demi-siècle. Un danseur italien de grand talent, M. Enrico Cachetti, y professe la mimique.

Le personnel du ballet impérial de Saint-Pétersbourg se compose actuellement de cent quarante-trois danseuses et de soixante-douze danseurs.

Dames.

Premières danseuses-étoiles (une danseuse italienne, Mlle Legnani, et une danseuse russe, Mlle Krschesinskaya), 2.

Premières danseuses-solistes (Mlles Johansohn, Pepita, Preobajanskaya, Koulitchewskaya et Rychliakov), 5.

Secondes danseuses, 22.

Coryphées, 35.

Corps de ballet, 77.

Mimes, 2.

Hommes.

Premiers danseurs (MM. Gerdt, Bekefy, Kiakscht, Legat, Cachetti et autres), 8.

Seconds danseurs, 12.

Coryphées, 51.

Maîtres de ballet, 3.

Régisseur en chef, 1.

Sous-régisseurs, 4.

Chef d'orchestre, 1.

Le budget du ballet.

Le budget du ballet est de deux cent dix-huit mille roubles. Les appointements de la danseuse-étoile *étrangère* ne sont pas compris dans ce chiffre, lequel ne représente que le budget des danseuses et des danseurs :

Première danseuse-étoile russe, 3,000 à 6,000 roubles.

Premières danseuses-solites, 1,000 à 3,000 roubles.

Deuxièmes danseuses, 1,000 roubles.

Les coryphées, 800 roubles.

Corps de ballet, 600 roubles.

Les danseurs ont les mêmes appointements.

Le premier maître de ballet touche annuellement 9,000 roubles.

Les deuxièmes maîtres de ballet, 5,000 roubles.

Le régisseur, 300 roubles.

La danseuse-étoile étrangère touche ordinairement 2,000 roubles par mois. Elle est engagée pour quarante-cinq mois et donne, en outre, une représentation à son bénéfice (la première représentation du nouveau ballet) qui lui rapporte 4,000 à 5,000 roubles. On garde les danseuses-étoiles (étrangères) quatre ou cinq saisons.

Représentations.

· La saison commence au 1er septembre et s'arrête au carnaval (février, mars), pour reprendre à Pâques et finir le 1er mai.

On donne dans la saison environ trente-cinq représentations de ballet tous les dimanches et deux fois par mois le mercredi. Le corps de ballet parait également dans les opéras russes, français, allemands.

Il est d'usage de monter chaque année un nouveau grand ballet en trois ou quatre actes au mois de janvier et un petit ballet au début de la saison. De plus, on reprend chaque année un ancien ballet. Le répertoire est formé chaque année d'au moins dix ballets.

La musique des ballets est écrite soit par M. Drigo, chef d'orchestre, soit par les compositeurs russes.

C'est à un Français, M. Marius Petipa, que sont confiés presque tous les scénarios. Il appartient aux théâtres impériaux depuis 1847, et on vient de célébrer ses cinquante ans de service. Petipa a composé plus de soixante ballets.

Les ballets les plus en vogue sont :

La Belle au bois dormant, le *Lac des Cygnes* (musique de Tchaïkowki), *Cendrillon*, *Coppélia*, *Pachita*, *Koniak-Govbounok*.

Les frais de mise en scène d'un ballet s'élèvent en moyenne à trente mille roubles. Décors, costumes, accessoires, sortent des ateliers de la direction impériale, et c'est le plus souvent S. E. M. de Wsewolojsky lui-même qui dessine les costumes. L'orchestre du ballet, pris dans l'orchestre de l'Opéra, est formé de soixante-treize musiciens.

Pension des artistes.

Tous les artistes du corps de ballet sont au service de l'État (ministère de la Cour Impériale) ; leur engagement part du jour où l'artiste entre dans la troupe, après avoir fait ses études à l'école des théâtres impériaux, ordinairement à l'âge de dix-huit ans. Après vingt ans de services non interrompus, les artistes reçoivent de l'État des pensions annuelles :

Première danseuse-étoile (Russe), 1,800 roubles.

Première danseuse-soliste, 1,200 roublès.

Deuxième danseuse, 750 roubles.

Coryphées, 500 roubles.

Corps de ballet, 300 roubles.

Les danseurs ont la même pension.

Les meilleurs artistes sont quelquefois gardés plus longtemps et ils cumulent alors appointements et pension. En outre, les étoiles ont droit après vingt ans à un bénéfice d'a-dieu.

Premières danseuses-étoiles (1885-1896).

Italiennes : Virginia Zucchi, 3 saisons; Cornalba, 2 saisons; Brianza, 4 saisons; Bessone, 2 saisons; Aldjisi, 1 saison; Dell' Éra, 1 saison; Pollini, 1/2 saison; Legnani, 4 saisons;

Russes : Mmes Wazem, Sokolowa, Gorschenkowa, Nikitina, Krschesinskaya.

La société russe suit de très près les représentations du ballet, tant à Saint-Pétersbourg qu'à Moscou. Mais les galeries supérieures ne sont pas moins remplies que les loges et les fauteuils d'orchestre. L'exemple, d'ailleurs, vient de haut, car la famille impériale, à commencer par l'Empereur et l'Impératrice, manifeste de cent façons, par des encouragements ou des cadeaux, sa bienveillance pour l'art de la danse. Il n'est presque pas de représentation de ballet, pendant la grande saison, à laquelle n'assiste l'Empereur.

La presse russe est également fidèle au ballet. Elle a même ses spécialités : M. Massloff, du *Novoïé Vremia*, M. Bezobrozoff, de la *Gazette de Saint-Pétersbourg*, et M. Plescheeff, des *Novosti*. Ce dernier, à qui nous devons, ainsi qu'à M. Bezobrazoff, de si précieux renseignements sur l'art chorégraphique en Russie, vient de consacrer un très important ouvrage à l'Histoire du ballet de Saint-Pétersbourg pendant le dix-huitième et le dix-neuvième siècles. M. Skalkowsky a également publié sur le *Ballet* un livre qui a eu plusieurs éditions.

Le Théâtre Michel.

Les Français de passage à Saint-Pétersbourg passent tout naturellement leur première soirée au Théâtre Michel. Et d'abord ils sont sûrs d'y rencontrer toute l'aristocratie russe. Ensuite ils se retrouvent là chez eux : on n'y parle que le français, et les artistes qui y jouent leur sont tous plus ou moins familiers.

Le Théâtre Michel n'est ni très vaste ni très élégant. Extérieurement, c'est une construction en briques rouges, un peu massive et sans caractère. Rien n'indique au promeneur que c'est ici un théâtre. A l'intérieur, le seul luxe est dans les loges de l'Empereur, de l'Impératrice, et des membres de la famille impériale, tapissées de damas en soie jaune et ornées de lourdes tentures de velours à crépines d'or.

C'est encore S. E. M. de Wsewolojsky qui a la haute administration du Théâtre Michel. Il est ici secondé par un administrateur, — M. Lanjallay, qu'on a applaudi autrefois aux Variétés, — par trois régisseurs et un secrétaire. Deux souffleurs sont attachés au théâtre.

La saison, qui dure environ sept mois et demi, va du 15 septembre au 31 avril (style russe). Il y a deux abonnements, le mardi et le jeudi. Les abonnés ont droit à trente spectacles différents. On joue trente-deux pièces nouvelles ou appartenant déjà au répertoire. Il y a quatre représentations par semaine, — les autres jours étant réservés à la troupe russe. La première représentation de chaque pièce est donnée le samedi, sans abonnement ; la seconde le lundi, et les deux autres le mardi et le jeudi ; ainsi de suite jusqu'au Carême. A ce moment, les Russes ne jouant pas, la troupe française occupe la scène tous les jours, sauf le lundi.

Dans la période ordinaire, les jours intermédiaires sont remplis, le dimanche par l'opéra russe, le mercredi et le vendredi par la troupe de drame et de comédie russes. Ces représentations ont lieu concurremment avec les représentations d'opéra ou de ballet, et de drame ou de comédie russes qu'on peut entendre les mêmes jours aux Théâtres Marie et Alexandre.

Les appointements des artistes français sont de vingt à cinquante mille francs, pour les premiers emplois; de dix à vingt mille francs pour les seconds, — ce total se décomposant en appointements fixes, « feux » de soirée et « bénéfices ». Un budget annuel de deux cent soixante-quatorze mille cinq cents roubles est affecté aux artistes et aux chœurs. L'orchestre, les décors et les costumes sont inscrits au compte d'un budget spécial. Tous les artistes ont droit à un congé de quatre mois, appointements payés.

On joue au Théâtre Michel le drame, la comédie et le vaudeville, accidentellement l'opérette; mais les Russes préfèrent le vaudeville et la comédie légère.

Il m'est agréable de constater les efforts de tous dans ce théâtre qui rend de si grands ser-

vices à notre langue que s'il n'existait pas il
faudrait vraiment le fonder. Je suis surpris de
la besogne qu'on y fait, avec bonne humeur,
du reste, et sans que nul ne se plaigne. C'est
d'autant plus surprenant qu'il faut jouer toutes
les semaines et en quelque sorte au pied levé
des pièces qu'on a à peine eu le temps de parcourir. Tandis que vingt répétitions, et souvent
davantage, leur sont nécessaires à Paris, les
mêmes artistes se contentent de répéter trois
ou quatre fois à Saint-Pétersbourg. Le résultat
n'atteint peut-être pas toujours absolument la
perfection et il n'est pas douteux que tout le
monde se trouverait bien d'études plus appro-
fondies, mais qu'y faire? Si l'on donne des
premières aussi souvent, c'est apparemment
qu'on s'est rendu compte de la nécessité où l'on
était de renouveler sans cesse l'affiche, et les
artistes sont bien obligés d'en passer par là.
Plus tard, quand les bienfaits de l'instruction
se seront fait sentir dans les couches populaires, et qu'il sera possible d'attirer un public
plus nombreux, il y aura évidemment à
changer de système. Pour l'instant il serait
malaisé de mieux faire.

Les Théâtres impériaux de Moscou.

Les théâtres impériaux de Moscou, placés sous la haute direction de M. de Wsewolojsky, sont dirigés par un comité de dix-huit membres, ayant à sa tête un administrateur, M. Paul Ptschelnikoff, depuis 1882. C'est celui-ci qui forme les troupes, arrête le répertoire, d'accord avec les premiers sujets, et gère toutes les affaires, de quelque nature qu'elles soient, des deux théâtres.

La troupe du Grand-Théâtre est composée de quarante-quatre personnes — vingt et une femmes et vingt-trois hommes. Il y a cent vingt et un choristes, soixante-trois femmes et cinquante-huit hommes. L'orchestre comprend cinquante-quatre violons, dix violoncelles, neuf flûtes, quatre clarinettes, trois hautbois, trois harpes, etc., en tout cent vingt-deux exécutants.

La première chanteuse reçoit quinze mille roubles, les premiers ténors et les barytons dix mille roubles. Les autres artistes, au second plan, touchent de deux mille à six mille roubles et les choristes, mensuellement, de cinquante à quatre-vingts roubles.

Pendant la saison, qui va du 30 août au 10 mai, on donne quatre-vingt-dix représentations, avec une recette moyenne de deux mille deux cent cinquante roubles. Les opéras préférés des Moscovites sont : Opéras russes : *la Vie pour le Tsar* et *Kouslan et Loudnilas*, de Glinni ; *la Nymphe des Eaux*, de Dargomigsky ; *le Démon*, de Rubinstein ; *Eugène Oneguine* et *la Dame de Pique*, de Tchaïkowsky, et les opéras étrangers : *Aïda*, *la Traviata*, *Faust*, *les Huguenots*, *l'Africaine*, *Don Juan*, *le Barbier de Séville*, *Il Pagliacci*.

Les opéras sont montés avec beaucoup de luxe, les décors, peints par Woltz, étant toujours riches et pittoresques. L'orchestre, les chœurs ont la faveur du public. Les frais de mise en scène atteignent un chiffre assez élevé. Ainsi, par exemple, on a dépensé vingt-cinq mille francs dans *la Dame de Pique ;* quarante mille francs dans *Cordelia*, de Solovief, et cet opéra, qui n'a eu aucun succès, a été donné seulement quelques fois.

Le corps de ballet de Moscou comprend deux

cent trois personnes (cent vingt-sept femmes et
soixante-seize hommes); plus un maître de
ballet et deux régisseurs. Les étoiles sont une
Italienne et une Russe, Mlles Adèle Djouri et
Aimée Roslavleva. Il y a au minimum deux représentations par semaine. La recette moyenne
en 1894-1895 fut de onze cent quatre-vingts
roubles. Pendant la saison sont joués sept ou
huit ballets du répertoire. On ne donne que
deux nouveaux ballets. Le public fait surtout
fête à *Gisèle*, *Katarina*, *la Statue de Chypre*
(musique et scénario du prince Troubezkoy);
Coppelia (musique de Léo Delibes), et surtout
le Petit Cheval bossu ou *Roi-Fille* (musique de
Puni), qui est joué jusqu'à dix fois chaque saison, surtout pendant les fêtes. C'est un ballet
essentiellement populaire.

Au total, le ballet de Moscou est moins brillant que celui de Saint-Pétersbourg, et c'est au
ballet du Grand-Théâtre de la première capitale qu'il conviendrait d'emprunter quelques-
unes de ses traditions.

Le Petit-Théâtre est la Comédie-Française de
Moscou. Les plus célèbres parmi les artistes
russes se font un honneur d'avoir appartenu à

cette scène; tels les tragédiens Motchaloff, Michael Semenovitch, créateur de l'école réaliste en Russie, le comique Schepkin, Prow Sadowsky, l'interprète préféré de l'œuvre d'Ostrowsky, Chamsky, Samarik, etc. A cette heure même il y a au Petit-Théâtre des artistes de tout premier ordre : Maria Ermolowa, qui, élève danseuse à l'École Impériale, s'adonna bientôt à la comédie et y devint une manière de Rachel russe. Elle a créé la Jeanne d'Arc de Schiller, Marie Stuart, Lady Macbeth, Ophélie, Desdémone, Doña Sol, Dolorès, dans *Patrie*, de M. Victorien Sardou. Les Moscovites admirent beaucoup Medwedewa, vétéran de la troupe, qui joue déjà depuis presque un demi-siècle; puis Niquoulina (comédie), MM. Lensky, Goreff, Joujin, de son vrai nom le prince Soumlatoff : il est l'auteur d'une dizaine de pièces qui ont eu un succès considérable.

La troupe du Petit-Théâtre se compose de cent neuf personnes (soixante-trois femmes et quarante-six hommes). Mais une grande partie ne joue presque jamais, surtout parmi les jeunes gens sortis de l'École théâtrale Impériale (Conservatoire). Il y a pléthore d'artistes au Petit-Théâtre. La critique s'en indigne et demande qu'on crée une sorte de théâtre d'application ou un second Petit-Théâtre, qui serait au premier ce que l'Odéon est à la Comédie-Française.

Un orchestre se fait entendre pendant les entr'actes, ce qui est peut-être pousser un peu loin l'amour du spectacle : musique et drame mêlés, quand on quitte le Petit-Théâtre on a les nerfs à fleur de peau.

Les appointements des premiers sujets sont de sept mille deux cents roubles par an. Les étoiles vont au delà. Ainsi Mᵐᵉ Ermolowa gagne douze mille roubles, Medwedewa et Niquoulina neuf mille roubles. Les autres artistes reçoivent de deux mille à cinq mille roubles. Une indemnité de cinquante roubles est versée aux jeunes artistes sortant de l'École, pendant les cinq premières années. Le premier régisseur gagne trois mille six cents roubles, le second deux mille quatre cents roubles, et le souffleur neuf cents roubles.

La saison dramatique commence le 16 août et finit le 5-10 mai. Les représentations sont données chaque soir, excepté les samedis et les sept semaines du Carême. L'année dernière ont été organisées des représentations en matinée les dimanches avec réduction de prix. Les jeunes acteurs y tenaient les premiers emplois. La saison est de cent quatre-vingts à cent quatre-vingt-dix représentations. La recette pleine produit quatorze cent soixante-six roubles soixante kopecks (prix des places : parterre, 3 r. 80 k. (1er rang), 2 r. 80 (2e rang), 2 r. 30 (3e et 4e rangs), 1 r. 80 (4e au 9e rang) ; amphithéâtre, 2 r. 30 et 2 r. 80 ; balcon, 1 r. 20 et 1 r. 37 ; loges, 13, 11 r. 7 et 4 r. 50. Pour la saison 1894-1895 la recette moyenne était de onze cent quarante et un roubles ; la recette totale, cent quarante-quatre mille neuf cent trente et un roubles vingt-huit kopecks.

Le répertoire se compose des pièces russes et traduites, tragédies, drames modernes et historiques, comédies. Pendant la saison 1894-1895 ont été représentées soixante-douze pièces (vingt-six en un acte) de vingt-huit auteurs ; dix pièces pour la première fois. Les pièces nouvelles sont jouées pendant une saison, huit ou dix fois. Quinze représentations, c'est déjà un très grand succès ; vingt, un

succès énorme et très rare. Pas une seule des
pièces montées depuis dix ans n'a atteint ce
chiffre. Les auteurs vivants les plus renommés
dont les pièces forment le fond du répertoire
nouveau sont : Chpagiasny, Nevegine (la Seconde Jeunesse, Sans faute, Amis d'enfance) ;
Boborikin, Nemirovitch-Daschenko, le prince
Soumlatoff (les Chaînes, le Mari de l'Étoile). La
comédie de mœurs contemporaines russes et
le drame ont les préférences du public. Outre
ces pièces le Petit-Théâtre monte souvent les
comédies d'Ostrowsky, trente à quarante représentations par saison), les pièces classiques
russes Revisor, de Gogol, Malheur qui vient de
l'esprit, de Gribaedoff, et les pièces du répertoire classique européen, principalement les
tragédies (Shakespeare, Schiller, Hugo, etc.).
Toute pièce nouvelle, avant d'être montée sur
la scène impériale, doit être approuvée par la
censure dramatique et par un comité spécial
(comité littéraire et théâtral), de quatre personnes dont trois professeurs de l'Université de
Moscou : MM. Storogenko, Weselowsky et
Ivanoff, et le dramaturge Vladimir Nemirovitch-Daschenko).

Les pièces les plus suivies au cours de ces dernières années ont été : *la Puissance des Ténèbres*, de Léon Tolstoï ; *l'Or*, de Nemirovitch ; *la Vie*, de Potapenko ; *les Hommes de la vieille trempe*, du prince Soumlatoff ; *le Roi Lear*, *Magda*, de Sudermann ; *le Gendre de Monsieur Poirier*, d'Émile Augier ; *le Monde où l'on s'ennuie*, de M. Édouard Pailleron.

L'auteur reçoit deux pour cent de la recette pour chaque acte, quand la pièce est originale, un pour cent s'il s'agit d'une traduction ou d'une adaptation.

A MOSCOU

Moscou, 4/16 mai.

Nous voici à Moscou. Je crains bien de n'en pas voir grand'chose tout de suite, car le ciel ne nous est point clément. Il a neigé la nuit passée, il neige aujourd'hui et il paraît qu'il neigera demain. Du moins j'aurai le souvenir aimable d'un voyage en train spécial, de Saint-Pétersbourg à Moscou, grâce à M. Witté, ministre des finances, et à son collaborateur, M. Kovalevski, directeur du commerce et des manufactures de l'Empire.

Nous étions quelques-uns dans le vagon-salon de M. Kovalevsky, parmi lesquels M. le sénateur Sémenoff. Le nom de l'illustre géographe russe est familier à nos savants. On a pour lui la plus grande vénération en Russie etjusqu'en Sibérie où on lui est reconnaissant de ce qu'il a fait en faveur de ce pays désolé. M. Sémenoff a fondé il y a un demi-siècle la Société de Géographie russe, et il se rend à Nijni-Novgorod où l'appelle l'organisation de la section sibérienne de l'Exposition nationale russe.

La soirée se passe en prenant du thé, en une longue causerie où défilent les souvenirs de voyage de M. Sémenoff. Puis, les lits dressés, nous dormons jusqu'à neuf heures du matin et, de nouveau, jusqu'à midi, nous buvons dans des verres de cristal ce thé exquis qu'on ne peut boire qu'en Russie, parce qu'en Russie seulement on sait faire le thé.

Aimez-vous les *dvornicks*? On en a mis partout. Le dvornick, c'est le portier. Il veille au bon ordre extérieur de la maison. Il veille et il surveille. On le dit plus ou moins au service de la police locale. Nul mieux que lui ne peut, en effet, se renseigner sur les faits et gestes de ses locataires. A Paris on passe sous l'œil de la concierge qui plus d'une fois n'y prend garde.

On ne peut passer inaperçu du dvornick. Il est toujours là, paterne et souriant, qui vous dévisage comme un homme qui en a le droit. Il sait tout de vous : d'où vous venez, et qui vous êtes, votre profession, votre âge, votre taille exactement, et dans quelles villes vous avez fait halte en voyage. C'est à lui que vous remettez en arrivant votre passeport et c'est lui qui vous le rend, après l'avoir fait viser, quand vous repartez. Il arrête votre drojky dans la rue et donne l'adresse à l'izvoschik. Il porte vos dépêches au télégraphe et vos lettres à la poste. La nuit il sait à quelle heure vous rentrez et même si vous ne rentrez pas du tout. Il couche sur le seuil de la porte, enveloppé dans sa touloupe. Le dvornick c'est le grand inquisiteur de la Russie. Je comprends qu'il soit précieux aux autorités et qu'on le considère à l'égal d'une institution d'État.

Une seconde institution qu'on n'abolira pas de sitôt sans doute, c'est celle du passeport. Sans passeport on ne pénètre pas en Russie. On n'en sort pas non plus. Sans passeport on n'est reçu nulle part, ni chez un ami, ni dans un hôtel. A Moscou un Français, officier de la

Légion d'honneur, statuaire de grand talent,
M. Lanson, dut nous demander une nuit l'hos-
pitalité. Il avait *perdu* son adresse et dans un
hôtel où il s'était présenté on avait refusé de le
recevoir sans passeport. Il exhiba des lettres de
recommandation du ministre des affaires étrangères de France à l'ambassadeur, sa photographie dûment visée et paraphée par le grand-
maître de police, rien n'y fit. Il ne restait à
M. Lanson qu'à coucher dans la rue, mais il
pleuvait à torrents. Fort heureusement cette
nuit-là notre dvornick avait bu un peu plus que
de raison : il ne remarqua pas l'*étranger* et
n'eut pas à lui demander son passeport.

L'usage du passeport n'est pas seulement
obligatoire pour l'étranger. Le Russe ne peut
pas voyager sans passeport à l'intérieur de la
Russie, et s'il lui plaît de quitter pour quelques jours le territoire il est tenu d'accomplir
toutes les formalités qu'il entraîne avec soi.
C'est peut-être souvent très désagréable pour
le voyageur, mais du moins les autorités peuvent « suivre » ainsi plus aisément ceux qu'ils
ont intérêt à ne point perdre de vue. C'est un
système de police qui en vaut un autre.

Moscou est une ville immense. Si Saint-
Pétersbourg tourne autour de la perspective
Newsky, Moscou tourne autour du Kremlin. On
pourrait diviser Moscou en deux villes : le
Kremlin et la ville nouvelle, qui se perd à l'infini, sur les deux rives de la Moskowa. La ville
nouvelle est sans intérêt. Les maisons sont
celles de nos grandes villes de province, ainsi
que les magasins, tous à l'européenne. Il n'y a
que deux choses que les Moscovites ne nous
ont pas encore empruntées : nos brasseries et
nos cafés. Ils y viendront. Que dis-je ? Ils y
viennent. Déjà dans la Tverskaïa est installé
un établissement, très vaste — comme tout ce
que font les Russes — et très luxueux, où l'on
sert du thé et de la limonade gazeuse. Dans
quelques années on y servira le mazagran traditionnel, et les tchinovnicks y feront leur partie
de manille ou d'écarté.

Les deux voies les plus fréquentées de la ville
nouvelle sont la Tverskaïa et le Pont des Maréchaux. La Tverskaïa s'étend sur une longueur
de plusieurs kilomètres. Le Pont des Maréchaux est une rue beaucoup moins longue. En
revanche les magasins y sont en général plus

riches, mais aucun ne nous attire par son caractère national. On va au Pont des Maréchaux comme on va rue de la Paix, à certaines heures, où l'on rencontre le Tout-Moscou chez le joaillier de la Cour, chez la grande couturière ou chez la modiste à la mode. A dire vrai, modiste et couturière à la mode sont rares, la Moscovite élégante s'habillant le plus souvent à Paris.

C'est donc au Kremlin qu'il faut chercher — et qu'on trouve — le pittoresque. Ce n'est pas Moscou qui est comme la ville sainte de la Russie, mais le Kremlin, d'où sont toujours parties les cohortes sus à l'ennemi. C'est d'ici, dit le poète, « que pour sauver sa patrie bien-aimée, Dmitri Donskoï s'élança au combat avec ses bataillons et brisa le joug tatar qui avait arrêté l'essor de la Russie ».

Le Kremlin se dresse sur une colline qui domine Moscou et la plaine. Ses murs crénelés gardent les cathédrales, les monastères et les palais. On y accède par cinq portes, où veillent des sentinelles en armes. La porte Spasky ou porte Sainte est surmontée de l'image du Sauveur, palladium du Kremlin, et nul ne passe ici sans la saluer, de même que nul ne passerait

sous la porte sans se découvrir. Depuis deux
siècles et plus que l'ordre a été donné par le
tsar Alexis Mikaïlovitch, on dit qu'il n'a jamais
été transgressé.

Tours et cathédrales, aux clochers bulbeux,
vieilles constructions et souvenirs nationaux
font un amalgame bizarre et qui déroute. Nulle
part on ne trouverait réunies en un seul point
plus de richesses — les trésors des cathédrales
et des palais en regorgent — ni plus d'étran-
getés archéologiques. C'est un mélange de constructions récentes, de tours mutilées et recons-
tituées, de couvents, d'églises aux cent clochers brillants, tantôt violemment peints en
bleu ou en vert, ou encore dorés... A l'extrémité même du Kremlin, et en dehors de son
enceinte, sur la place Rouge, la cathédrale
de Vassili-Blagennoï semble résumer en elle
toutes les surprises de la ville sainte, et on
s'explique que Théophile Gautier, épris de
byzantin, y ait fait plus d'un pèlerinage. « Vassili-Blagennoï, disait-il, fait douter la raison
du témoignage des yeux. » On ne peut rien
rêver qui ressemble moins à tout ce que nous
connaissons, rien de plus fou comme architec-

ture, ni rien qui frappe davantage l'imagination. Cela est colossal, majestueux et barbare.
Vingt clochers se dressent, plantés on ne sait
où et comment, ni pourquoi ; ils sont bleus, ils
sont verts ou dorés, mais cet assemblage de couleurs vives, cette réunion de tous les styles, cette
élégance sauvage des flèches et des saillies nous
laisse dans une admiration absolue. On raconte
qu'Ivan le Terrible ayant appelé l'architecte,
lui demanda s'il pourrait construire une cathédrale plus belle que celle-là. Sur sa réponse af-
firmative, Ivan lui fit couper la tête. D'autres
disent qu'il lui fit crever les yeux pour qu'il ne
fût point tenté de recommencer ailleurs Vassili-
Blagennoï.

LE JOURNAL DES FÊTES

DU COURONNEMENT ET DU SACRE

6/18 mai.

Il pleut. Ne nous plaignons pas : il neigeait hier. C'est l'anniversaire de la naissance de l'Empereur, et le programme des fêtes nous avertit que les souverains arrivent aujourd'hui au palais Petrowski — habité en 1812 par Napoléon Ier — et qui est aux portes de la ville, dans les bois où ceux qui s'amusent viennent entendre les bohémiennes.

Moscou a pris ses grands airs de fête, et malgré la pluie qui lave les oriflammes, il y a foule dans les rues où nous éclaboussent les

5

likhars aux roues caoutchoutées. L'Empereur
s'arrête à peine à la gare, et, au bruit des acclamations populaires, il se rend à Petrowsky au
trot de ses *orloff*. Ces acclamations sont les premières qui frappent notre oreille : c'est le
hourrah traditionnel. Nul doute que le peuple
ne se donne tout entier, et cependant on ne
sent point battre son âme...

                                    7/19 mai.

L'Empereur devait visiter le camp de Kho-
dinsky et passer les troupes en revue. Une dépêche de Vienne annonce la mort de l'archiduc
Charles-Louis : la revue n'aura pas lieu.

Nous perdons la matinée au Bureau des cor-
respondants. D'ailleurs, tout le temps que nous
y passons est du temps perdu. Il y a là de jeunes
gens attachés au ministère de la Cour dont c'est
la fonction d'être aimables, et qui le sont, en
effet. Par malheur, ils ont perdu la tête, et
comme ils ne la retrouveront qu'après les fêtes,
il ne nous sera guère possible d'obtenir la
moindre indication.

Quelqu'un se présente à nous :

« M. X..., correspondant de ***, » dit-il en se nommant.

C'est un Allemand ; il ajoute : « lieutenant de réserve. »

Peut-être est-ce d'un goût douteux, mais si inconscient qu'il n'y a pas à le relever.

Notre mission est annoncée. Une demi-douzaine de Français se sont rendus à la gare de Smolensk. A l'extérieur, un millier de personnes, des curieux et des désœuvrés qui stationnent ici des journées entières pour assister au défilé des membres de la famille impériale, des princes étrangers, des ambassadeurs que chaque train dépose sur les quais. Tout à l'heure, l'Impératrice-mère est arrivée, et ce peuple qui l'aime profondément l'a saluée de ses *hourrahs*.

Voici le général de Boisdeffre, le général Tournier, le contre-amiral Sallandrouze de la Mornaix, le commandant Pauffin de Saint-Morel, toute la mission en grand uniforme. Le grand-duc Wladimir et le grand-duc Serge les reçoivent en leur souhaitant la bienvenue. Le général de Boisdeffre s'arrête devant une compagnie du régiment des grenadiers. A trois reprises, les hommes salués par le général français poussent ce cri en russe : « Que Dieu vous garde! » Ces grenadiers sont superbes. Nous observons qu'ils ont tous le même nez à la Roxelane : on nous apprend que c'était une vieille tradition — qui paraît s'être conservée — que tous les soldats du « régiment de Paul » devaient avoir ce nez-là. Le populaire les appelait les « nez en l'air ».

Notre mission se dirige vers l'ambassade de France. Pas un cri. Eh, quoi! Pas même « Vive la France ! » Non. Pas même cela. Nous voici très émus... Cependant il faudra s'y faire. Il y a à Moscou des représentants de tous les pays du monde. Acclamer les uns sans acclamer les autres serait manquer de tact, et nos hôtes ont à cœur de n'en point manquer. C'est d'ailleurs une série de fêtes essentiellement en l'honneur du souverain, et il importe qu'il n'y ait pas de partage. Le peuple est à lui seul. Pour lui seul l'enthousiasme. Nous n'entendrons donc pas une seule fois crier : « Vive la France ! » hormis l'intimité de notre colonie. A Varsovie, les Polonais ont porté le général de Boisdeffre en triomphe. On a fêté nos officiers

comme l'amiral Gervais lui-même fut fêté à
Cronstadt... Remarquez que Varsovie est loin
de Moscou et que là du moins on n'avait pas à
craindre de froisser gratuitement certains ambassadeurs pointilleux.

8/20 mai.

On nous avait promis une sérénade devant
le palais Petrowsky : elle est contremandée,
toujours à cause de la mort de l'archiduc Charles-Louis. Sous la pluie, nous parcourons les
rues de la ville. Pas une maison sans oriflammes
et, au contraire, cinq, dix, vingt, cent drapeaux
de toutes dimensions, du haut en bas de la plu-
part des magasins de la Tverskaïa, puis des
arcs de triomphe, avec cette inscription :
« Dieu garde l'empereur ! » Des bustes de l'Empereur et des deux Impératrices sont exposés
aux fenêtres. Partout l'image des souverains,
image sacrée à l'égale des icones devant lesquelles on se signe trois fois.

Le drapeau national russe est formé de trois
bandes, blanche, bleue, rouge. C'est notre drapeau, réserve faite de la disposition des couleurs.

En dehors des ambassades, on ne voit pas
d'autre drapeau que celui-là. Le drapeau jaune
avec l'aigle à deux têtes est le drapeau personnel de l'Empereur : il ne flotte que là où
est l'Empereur, aujourd'hui au palais Petrowsky, prochainement au Kremlin.

Les délégués des populations rurales, au
nombre de six cents, ont trouvé asile au théâtre
Korsch. Le théâtre Korsch est notre Gymnase à
nous. Il n'a pas très grand air, mais il est commode dans ses dégagements et ses dimensions.
On l'a transformé en un vaste dortoir : il y a des
lits sur la scène, dans les couloirs et jusque dans
les loges des artistes. C'est un spectacle étrange
que celui de ces six cents hommes venus de
tous les points de la Russie, parlant à peine la
même langue, — chacun ayant son patois à
lui, — mais se ressemblant tous par quatre
points : la barbe mal taillée, les grandes bottes,
les innombrables médailles commémoratives
sur la poitrine — et l'amour de l'empereur.

Nous avons sous nos yeux les délégués de la
Russie populaire. Le 18/30 mai on leur servira
au palais Petrowsky un grand dîner. On leur
remettra ensuite une médaille qu'ils porteront

en sautoir, et ils retourneront chez eux, où ils raconteront à leurs administrés, en buvant du kwass et du vodki, leur réception chez l'Empereur. Aussi comprend-on qu'on ait pour les syndics des communes rurales toutes les attentions. « Un seul Dieu dans le ciel ; — un seul tsar sur la terre », ont-ils coutume de dire. Le merveilleux apparat des cérémonies officielles ne contribuera point peu à ancrer davantage encore — si besoin était — ce vieil adage dans leur esprit et dans leur cœur.

9/21 mai.

Les Russes, qui sont superstitieux, doivent être satisfaits de cette journée. La pluie a cessé et le soleil s'est levé, ce matin, radieux sur la Ville Sainte.

Avec ses dômes dorés, ses clochers bulbeux, ses toits vert tendre ou rouges, avec ses innombrables oriflammes et ses drapeaux tricolores, avec le caractère byzantin et surtout asiatique de ses monuments, Moscou ensoleillée et brillante est un cadre incomparable à la fête d'aujourd'hui, qui est la plus importante au point de vue de l'éclat extérieur.

De l'Arc Alexandre au Kremlin, la Tverskaïa est une véritable voie triomphale, où flottent
les couleurs nationales, parmi les balcons ornés
de fleurs et de verdure. Des tribunes s'élèvent,
de loin en loin, d'où les enfants des écoles et les
privilégiés acclameront l'Empereur. Et, de chaque côté de la Tverskaïa, pressés sur plusieurs
rangs, des centaines de mille hommes se tiennent, piétinant sur place. L'heure fixée pour le
départ de l'Empereur du palais Petrowsky
est deux heures. Or, depuis cinq heures du
matin la Tverskaïa est envahie par le populaire.
Les tours du Kremlin et les remparts, réservés
tout d'abord à quelques-uns, sont bientôt noirs
de monde...

L'Empereur ! C'est pour voir l'Empereur que
de tous les points de la Russie sont accourus
les pauvres gens que voici, vêtus à la diable et
chaussés de lapti. Il en est qui ont mis un mois
à parcourir le dur chemin, se nourrissant, à travers le steppe, de graines de tourne-sol et de gros
pain noir. C'est pour voir l'Empereur que nous
sommes là, dans Moscou-la-Sainte aux mille clochers, attendant depuis plusieurs heures sous un
soleil de feu que le cortège ait quitté Petrowsky.

Les troupes de Preobajensky ont pris position sur deux rangs, le long de la Tverskaïa. Un large espace reste vide entre elles et la foule, et la foule elle-même est placée derrière une épaisse rangée de dvorniks connus pour leur fidélité. C'est comme une muraille humaine qui isolera tout à l'heure l'Empereur.

L'Empereur ! Trois coups de canon ont retenti : c'est le signal indiqué... Encore quelques minutes... Nous ouvrons très grands les yeux. Nous ne voyons plus rien du décor. Nous sommes tout à l'Empereur. Le cortège brillant défile : le colonel Vlasowsky, maître de police, vient en tête, entouré de douze gendarmes à cheval, par deux de front. L'escorte particulière de l'Empereur suit, formée d'un escadron de cosaques de la garde. Puis, à cheval, les députés des peuplades asiatiques soumises à la Russie, dans leurs uniformes orientaux, chamarrés d'or et de pierreries ; des représentants de la noblesse, précédés du maréchal de la noblesse du district de Moscou, cinquante valets de pied en livrée de gala, quatre coureurs au grand panache, et quatre nègres de la Cour impériale. Viennent les Charges : les musiciens de

la Cour, à pied, suivant leur chef, à cheval ; le
piqueur de l'Empereur, les chasseurs ; deux
phaétons de gala attelés de six chevaux conduisent l'archi-grand-maître et les deux grands-
maîtres des cérémonies du couronnement ; les
vingt-quatre gentilshommes de la chambre, et
douze chambellans à cheval ; le maréchal de
la Cour, le grand-maréchal de la Cour et les
membres du Conseil de l'Empire passent en carrosses d'apparat attelés de six chevaux.

Tout cela est extrêmement brillant. Nous assistons au défilé féerique du rêve le plus étrange.
Jamais nous n'avons vu tant d'or ni tant de cha-
marrures, et nous avions à peine entrevu à Ver-
sailles, aux Trianons, des carrosses de gala semblables, légers sur leurs essieux, et d'une époque
si loin de nous... Or c'est cette époque que nous
revivons à l'heure présente. Nous ne sommes
pas au dix-huitième siècle finissant, nous
sommes au début du dix-septième siècle... Les
yeux se ferment : rêvons-nous ?

Des escadrons de chevaliers-gardes de l'impératrice Marie Feodorowna et du régiment de
la garde à cheval ouvrent la marche du cortège
impérial. Ils passent. Ils sont passés. Une voix

de tumulte s'élève qui acclame triomphalement :
C'est lui ! C'est l'Empereur !

L'Empereur est seul, ou du moins nous ne
voyons, nous ne voulons voir nul autre que lui.
Le voici, en uniforme de colonel de Preobajensky et montant un cheval blanc. Il est pâle
et visiblement ému ; il salue de la main, regar-
dant de tous côtés, fixant droit la foule, la prenant tout entière de ses yeux doux. Il marche
au pas de son cheval, toujours acclamé par un
peuple en délire et dont il est déjà l'idole. Des
chapeaux volent en l'air, ce qui est ici l'indice
de l'enthousiasme, et tant que le cheval blanc
est visible, les acclamations montent persis-
tantes...

Indifférent à tout ce qui n'était pas lui, nous
n'avons vu que l'Empereur... L'entourage devait être brillant, plus brillant certes que le
simple uniforme de Preobajensky, mais seul
l'Empereur attirait notre regard. C'était la fas-
cination de l'Autocrate qui opérait.

Le cortège de l'Impératrice-mère s'avance.
Précédé d'un officier des écuries impériales, à
cheval, un carrosse de grand apparat entièrement doré et surmonté de la couronne impériale

et attelé de huit chevaux tenus en main par autant de palefreniers. C'est le carrosse que l'Impératrice Catherine reçut du roi Frédéric de Prusse. Aux portières, à droite, le grand-écuyer, et à gauche, l'aide de camp général attaché à la personne de l'Impératrice. Dans ce carrosse, l'Impératrice Marie Feodorowna et sa fille, la grande-duchesse Olga.

L'Impératrice est vêtue de blanc, une couronne sur la tête. Son carrosse est escorté de quatre cosaques de la chambre et suivi de six pages de la chambre et de deux palefreniers des écuries de la Cour, tous à cheval. Deux autres pages, tout enfants, délicieux sous leur perruque poudrée à frimas, sont debout, immobiles derrière le carrosse.

Un second carrosse vient ensuite, avec une escorte pareille, élégamment doré, surmonté de l'aigle et attelé de huit chevaux : c'est l'Impératrice Alexandra. Vêtue d'une robe blanche, elle porte une petite couronne sur la tête et le grand-cordon de Sainte-Catherine en sautoir. Dans un troisième carrosse est la reine Olga de Grèce, ayant à ses côtés la grande-duchesse Anastasie de Mecklembourg-Schwerin et la princesse Marie de Saxe-Cobourg-Gotha ; ce carrosse est attelé de six chevaux que conduisent six palefreniers ; aux portières, deux écuyers de la Cour ; deux pages se tiennent aux suspens ; quatre valets de pied marchent des deux côtés du carrosse que suivent deux pages de la chambre, à cheval, et deux palefreniers montés.

Les deux Impératrices sont l'objet de l'enthousiasme populaire. Elles saluent gracieusement de la tête... Mais qui pourrait s'empêcher de penser, au moment précis où passe le carrosse de l'Impératrice Marie Feodorowna, qu'il y a treize ans, à pareille date, l'Empereur qu'on acclame aujourd'hui, alors Czarevitch, montait à côté de son père qui prenait possession de la vieille capitale de l'Empire... Ce souvenir nous remue profondément, et nul doute qu'en son cœur d'épouse et de mère, la noble Impératrice Marie Feodorowna n'ait aujourd'hui horriblement souffert, à franchir les degrés de ce Calvaire, le Capitole pour son fils.

... Le défilé des carrosses d'apparat est terminé. Des hussards et des lanciers de la garde ferment le cortège.

L'Empereur s'arrête à plusieurs reprises : il est reçu aux portes de la ville par le gouverneur de Moscou, le grand-duc Serge, le maire de la ville, le Conseil municipal, les corps de la bourgeoisie et des artisans.

Une seule station est vraiment imposante par son caractère en quelque sorte national, devant la chapelle de la Vierge d'Ibérie. La chapelle est au seuil de la place Rouge qui sépare la vieille ville du Kremlin. Elle date de 1669 et pas un Russe ne passe à proximité sans se découvrir et sans y faire ses dévotions. Dans le sanctuaire est l'image sainte la plus vénérée, l'image miraculeuse de la Vierge Ibérienne, à laquelle on accorde les pouvoirs les plus étendus. Il n'est pas de jour où l'image ne soit promenée dans les rues de Moscou, dans un landau attelé de quatre ou si chevaux, avec laquais en livrée et nu-tête. On la transporte dans les chambres des malades qui font appel à son intervention divine, et qui lui témoignent leur reconnaissance par une offrande au clergé de la chapelle.

Sur la place, devant la chapelle ibérienne, la foule est massée, une foule de cinquante mille âmes, qui pousse des hourrahs frénétiques.

L'Empereur attend les carrosses de l'Impératrice. Puis il descend de cheval et les trois souverains, reçus par le vicaire de Moscou, évêque de Mojaïsk, pénètrent dans la chapelle. pour y vénérer l'image sainte.

Tout ce qui est religieux émeut profondément le peuple russe. Aussi lorsque l'Empereur monte à cheval pour franchir le seuil du Kremlin, les hourrahs redoublent. C'est bien l'âme de son peuple qui se donne tout entière, et sans esprit de retour.

A la porte qui s'ouvre entre le clocher d'Ivan Véliky et la cathédrale de l'Archange Michel, l'Empereur met pied à terre, les Impératrices quittent leurs carrosses, pour faire leur entrée à la cathédrale de l'Assomption par la porte du Sud, précédés des deux grands-maîtres des cérémonies, du maréchal et du grand-maréchal de la Cour.

L'Empereur est entouré du ministre de sa maison, du ministre de la guerre, de l'aide de camp général commandant la maison militaire, ainsi que de l'aide de camp général, du général de la suite et d'un aide de camp.

Toutes les autres personnes qui suivent les souverains dans le cortège descendent à la même porte et accompagnent l'Empereur et les Impératrices à la cathédrale de l'Assomption, où un *Te Deum* d'actions de grâces pour l'heureuse arrivée de l'Empereur a été préalablement célébré en présence des personnages et hauts dignitaires n'ayant pas pris part au cortège.

L'Empereur et les Impératrices sont reçus sur le parvis de la cathédrale de l'Assomption par le Saint-Synode et le haut clergé avec la croix et l'eau bénite, et ils entrent, précédés par les métropolites, tandis que les chantres entonnent un cantique saint.

Le canon tonne, et les souverains vénèrent les reliques. Ils s'inclinent ensuite dans la cathédrale de l'Archange Michel devant les tombeaux de leurs ancêtres, et après avoir fait leurs dévotions dans la cathédrale de l'Annonciation, ils pénètrent dans le palais du Kremlin. A ce moment on tire cent-un coups de canon, on sonne les cloches de toutes les églises de Moscou, — l'Empereur Nicolas II a pris possession de la vieille capitale.

10/22 mai.

Les ambassadeurs extraordinaires verront aujourd'hui l'Empereur en audience solennelle. Nous assistons, à l'ambassade de France, au départ du général de Boisdeffre pour le Kremlin. Trois maîtres des cérémonies viennent avec des voitures de la Cour. Le cortège se forme ainsi :

Première voiture, grand coupé de gala à quatre chevaux portant deux maîtres des cérémonies.

Deuxième voiture, grand carrosse doré à six chevaux blancs portant le général de Boisdeffre, seul sur le siège du fond, et un maître des cérémonies devant lui.

La troisième voiture de gala du général de Boisdeffre suit à vide ; c'est une grande berline à housses à sept places, avec quatre lanternes aux couleurs de France ; le train rouge et or, la caisse bleue, intérieur de satin blanc ; la livrée aux trois couleurs, l'habit rouge et or, le gilet blanc, la culotte bleue ; deux valets de pied et un chasseur debout derrière la voiture.

6

Les quatrième, cinquième et sixième voitures du cortège sont des voitures de gala à quatre chevaux avec l'amiral Sallandrouze de La Mornaix, le général Tounier, le général Jeannerod, M. Mollard, le colonel Menetrez, le commandant de Saint-Morel, les capitaines Hély d'Oissel, de Labry et Carnot.

Nous profitons de cette journée de calme pour faire un pèlerinage qui nous tient à cœur. Il est aux environs de Moscou un endroit où Napoléon Ier s'arrêta avant d'entrer dans la Ville Sainte, le 14 septembre 1812. C'est à quelques kilomètres, dominant la vallée de la Moskowa et permettant de voir Moscou à vol d'oiseau, la Butte aux Moineaux.

La route est aux trois quarts défoncée. Un tramway y mène les touristes; mais venus en voiture, nous risquons mille morts avant d'atteindre le sommet.

Sur la Butte, nous rencontrons le sculpteur Lanson et M. Arthur-Lévy. L'historien de *Napoléon intime* ne pouvait passer par Moscou sans revivre ici les heures qu'y vécut l'Empereur.

La Butte aux Moineaux n'a, en soi, rien de remarquable. Deux ou trois chalets sans caractère y sont installés, où l'on tire profit de l'Histoire. Chacun d'eux se dispute l'honneur d'avoir abrité Napoléon 1er. En réalité, aucun ne remonte à 1812. Rien d'ailleurs ne rappelle ce souvenir et les guides nous informent seulement que d'ici Napoléon jeta son regard d'aigle...

Et c'est bien une aire, que cette Butte aux Moineaux, escarpée, couverte de bois profonds, où sans doute les nôtres bivouaquèrent pendant l'incendie de Moscou allumé par Rostopchine.

La vue y est fort belle. Moscou se déroule en panorama au plus lointain : c'est la tour d'Ivan Veliky, ce sont les clochers bleus et verts des cathédrales, les dômes dorés de l'église du Sauveur, élevée en mémoire de la délivrance de Moscou... La Moskowa coule au pied du Kremlin, et il semble que sur ses bords se soient rangés les églises de la Ville Sainte et les monastères. Les maisons particulières s'accroupissent dans la perspective, ne laissant debout que les clochers un peu lourds, mais si

pittoresques avec leurs ors qui tantôt s'atté-
nuent et tantôt s'avivent dans l'irradiation du
couchant.

... Sur la route de la Butte aux Moineaux un
moujik nous demande l'aumône. Nous lui donnons quelques kopecks qu'il considère un instant, puis il se prosterne à plusieurs reprises
devant le soleil et fait des signes de croix en
invoquant le Seigneur.

11/23 mai.

C'est aujourd'hui le premier jour de la proclamation au peuple moscovite de la date fixée
pour la cérémonie du couronnement et du
sacre de Leurs Majestés Impériales, solennel-
lement annoncée pendant les trois jours qui la
précèdent.

A cet effet sont désignés sous les ordres
d'un général en chef, aide de camp général,
deux aides de camp généraux lieutenants généraux, deux grands-maîtres des cérémonies du
couronnement, deux hérauts d'armes, quatre
maîtres des cérémonies, deux secrétaires du
Sénat, — tous à cheval; quatre escadrons de
cavalerie, dont deux du régiment des cheva-

liers-gardes de S. M. l'impératrice Marie Feodorovna et deux du régiment de la garde à
cheval, avec leurs timbaliers et leurs corps de
trompettes au complet. En outre, et séparément,
quatre trompettes, munis de clairons décorés de
housses en drap d'or, aux armes de l'Empire.

A l'exception des hérauts d'armes, des officiers et des soldats du détachement, toutes les
personnes faisant partie du cortège portent en
sautoir sur l'épaule droite une écharpe de soie
aux trois couleurs de l'Empire, à crépines d'or.
Les hérauts d'armes, les grands-maîtres des
cérémonies du couronnement et les maîtres
des cérémonies portent les insignes de leurs
charges. Les hérauts d'armes sont revêtus du
pourpoint de gala brodé.

Douze chevaux de main, richement capara-
çonnés, suivent le cortège qui se réunit au
Kremlin, sur la place de l'Arsenal, et de là se
rend à la place du Sénat, où il se range dans
l'ordre suivant :

Les quatre escadrons déployés, le timbalier
et les trompettes des chevaliers-gardes au flanc
droit, et ceux de la garde à cheval au flanc
gauche.

Les chevaux de main sont rangés : six au flanc droit des trompettes des chevaliers-gardes et les six autres au flanc gauche des trompettes de la garde à cheval.

Le général commandant en chef se place en tête des troupes déployées, ayant devant lui les deux secrétaires du Sénat, à ses côtés un aide de camp général, un grand-maître des cérémonies du couronnement, un héraut d'armes et deux maîtres de cérémonies, et derrière lui les quatre trompettes aux clairons décorés des écussons de l'Empire.

Sur l'ordre du général en chef, les hérauts lèvent leurs masses. A ce signal, les assistants se découvrent et les trompettes sonnent l'appel ; après quoi l'un des secrétaires du Sénat, sans descendre de cheval, fait lecture à haute voix de la proclamation suivante :

« Notre Très-Auguste, Très-Haut et Très-Puissant souverain l'empereur Nicolas Alexandrovitch, étant monté sur le trône héréditaire de l'empire de Russie, du royaume de Pologne et du grand-duché de Finlande, qui en sont inséparables, a daigné ordonner, à l'exemple des très pieux souverains, ses glorieux ancêtres,

que la sainte solennité du couronnement et du
sacre de Sa Majesté Impériale ait lieu, avec
l'aide du Tout-Puissant, le 14 du mois de mai ;
en outre Sa Majesté a ordonné d'associer à cet
acte sacré son auguste épouse l'impératrice
Alexandra Feodorovna.

» Par la présente proclamation, cette solennité est notifiée à tous les fidèles sujets de Sa
Majesté, pour qu'en ce jour, si ardemment désiré, ils élèvent vers le Roi des Rois leurs plus
ferventes prières, afin que par Sa Grâce toute-
puissante Il daigne bénir le règne de Sa Majesté et maintenir sous son sceptre la paix et
la tranquillité publique, à la grande gloire de
son saint nom et pour l'inaltérable prospérité
de l'Empire.»

Après avoir lu cette proclamation, les hérauts
d'armes en distribuent au peuple des feuillets
imprimés, pendant que les corps de trompettes
exécutent l'hymne national.

On n'imagine pas à quel point cette cérémonie de la proclamation au peuple moscovite
l'intéresse et le passionne. Les précieux feuillets imprimés en lettres d'or, aux grandes on-
ciales enluminées, sont l'objet des convoitises,

et leur distribution ne va pas sans incidents. Ce matin même, il s'est livré des batailles épiques autour des hérauts d'armes. Il en est ainsi, du reste, toutes les fois qu'un souvenir touchant l'Empereur est offert au peuple... Ce peuple a la folie de l'Empereur.

12/24 mai.

On raconte qu'à l'issue de la seconde proclamation du couronnement, une dame traversait la Tverskaïa en landau, quand elle avisa plusieurs moujiks occupés à déchiffrer une grande feuille imprimée. Elle donne l'ordre d'arrêter, et appelant l'un des moujiks elle s'informe de l'objet de sa lecture. A quoi on lui répond que c'est la proclamation des hérauts d'armes.

« Cède-moi la feuille, et voici dix roubles. »

Dix roubles ! C'est beaucoup pour un moujik qui n'a peut-être pas dix copecks en poche. Cependant il refuse, disant que pour tout l'or du monde il ne se déferait de ce papier qui lui rappellera toujours les fêtes du sacre.

Quelqu'un remarque que le cocher porte la cocarde tricolore :

« C'est une Française, dit-on.

— C'est la dame française de l'ambassade... »

En effet, c'était la comtesse de Montebello.

« Dans ce cas, reprend le moujik, voici la feuille... »

Et il tend la proclamation à l'ambassadrice de France en refusant les dix roubles.

Si non è vero è bene trovato.

Ce soir, la presse russe avait organisé un banquet en l'honneur des journalistes, des écrivains et des artistes qui assistent aux fêtes du sacre. Le journaliste allemand qui se présente lui-même et qui ajoute à ses titres celui de « lieutenant de réserve », a encore fait des siennes. Il était convenu que les Français porteraient le premier toast — après le toast à l'Empereur, — et que les discours seraient prononcés dans notre langue... Sans attendre qu'on lui donnât la parole, le « lieutenant de réserve » s'est levé et, en langue allemande, a parlé pendant vingt minutes. MM. Georges Michel et Hugues Le Roux ont très simplement, et avec éloquence, bu à la presse et à la femme russes.

Un journaliste anglais, l'épée au côté, dit en

parlant de la Russie et de l'Angleterre qu'elles sont « les deux plus grandes puissances du monde »... Le réserviste allemand n'a pas l'air très satisfait.

Un détail amusant : les journalistes allemands ont refusé de boire du vin de France. Ils ont réclamé du vin du Rhin.

13/25 mai.

La translation des insignes impériaux de la salle des Armes dans la salle du Trône s'est affectuée avec solennité. Ces insignes sont : 1° le collier de l'ordre de Saint-André, de Sa Majesté l'Impératrice Alexandra Feodorovna; 2° le collier de l'ordre de Saint-André, de Sa Majesté l'Empereur; 3° le Globe; 4° le Sceptre; 5° la couronne de Sa Majesté l'Impératrice Alexandra Feodorovna; 6° la couronne de Sa Majesté l'Empereur.

Transférés au Palais impérial d'Hiver de Saint-Pétersbourg à Moscou, ils avaient été reçus à la gare du chemin de fer Nicolas, par le grand-duc Serge, gouverneur général de Moscou, les dignitaires et les gentilshommes de la cour, qui les avaient transportés à la salle des Armes du Kremlin.

La translation dans la salle du Trône a eu lieu sous la direction de l'archi-grand-maître des cérémonies, le prince Dolgorouki, secondé par les princes Soltykoff et Ourouzoff. Toute la nuit une garde d'honneur composée d'officiers choisis dans divers régiments de garde impériale veillera sur les insignes.

Demain matin, en grande pompe, on les transférera de la salle du Trône à la cathédrale de l'Assomption. C'est demain le grand jour, du reste, — les hérauts d'armes ont parcouru Moscou pour la dernière fois, — et les souverains s'y sont préparés aujourd'hui par des dévotions.

14/26 mai (1).

Nous sommes au point culminant des fêtes du couronnement et du sacre. Aujourd'hui

(1) Les Français privilégiés qui ont assisté à la cérémonie du couronnement et du sacre, dans la cathédrale de l'Assomption, sont exactement :

La comtesse et le comte de Montebello, ambassadeur de France ; le général Le Mouton de Boisdeffre, ambassadeur extraordinaire ; le contre-amiral Sallandrouze de La Mor-

même Nicolas II sera, selon le vers de poète, « ces deux moitiés de Dieu : le Pape et l'Empereur ».

Moscou s'éveille, gaie et animée, idéalement pittoresque sous l'éclatante fraîcheur de sa toilette neuve. L'émeraude de ses clochers, le chatoiement de ses dômes dorés, ses arcs·de triomphe, ses fleurs et ses bannières aux couleurs vives : tout, choses et gens, reflète l'allégresse de ce jour de fête, unique en un règne.

Du palais à la cathédrale de l'Assomption et sur le parcours des souverains, les troupes en grande tenue font une double haie : les grenadiers, immobiles en leur brillant uniforme, les cavaliers des régiments du tsar, les chevaliers-gardes, majestueux colosses, les cadets de l'armée, forment un imposant défilé à travers les salles du palais.

Sur le seul de l'Assomption, deux sous-offi-

naix, le général Tournier, le général Jeannerod, membres de la mission extraordinaire ; le comte de Vauvineux, ministre plénipotentiaire, conseiller de l'ambassade de France. — MM. H. Gervex et G. Becker, artistes peintres ; Élie Mercadier (*Agence Havas*) ; d'Amato (*Illustration*) ; Arthur-Lévy (*Revue illustrée*) ; Jules Chancel (*Monde illustré*) ; Henry Lapauze (*Gaulois*).

ciers de chevaliers-gardes, sabre au clair et casque au poing, sont debout, telles des statues, et tout à l'heure, quand le défilé commencera, encore des chevaliers-gardes superbes prendront position dans la cathédrale.

Les princes du sang, les dignitaires, les grandes charges de l'Etat, les envoyés extra-ordinaires arrivent en de splendides voitures de gala.

Voici les équipages des ambassadeurs de France, piqueurs en tête : celui du comte de Montebello, à la livrée amarante et verte soutachée d'or ; puis le carrosse du général de Boisdeffre, au siège monumental, train rouge et or, caisse bleue et panneaux armoriés. La livrée est magnifique et du plus grand air : habit bleu de France, couturé de galons d'or, aux armes du général, gilet de drap blanc à boutons d'or, culotte de peluche rouge, bas blancs, souliers à boucle, tricornes aux armes de France galonnés dor, empanachés de blanc.

La foule salue au passage les généraux populaires de la Russie : le feld-maréchal Gourko, Obroutcheff, Dragomiroff. C'est la foule des grands jours qui a pénétré dans le Kremlin, les dvornicks fidèles, des paysans, des ouvriers, de petits fonctionnaires dans leur modeste uniforme. Et, dans les tribunes, le monde diplomatique, des personnages officiels, et les privilégiés qu'on trouve partout en Russie où l'organisation des « classes » donne toujours aux uns le pas sur les autres. Il y a là trente mille personnes, dès sept heures du matin. A huit heures, les portes sont fermées, — et la cérémonie ne commencera pas avant dix heures, pour finir à trois heures de l'après-midi ; mais nul ne regarde à la fatigue. L'important est qu'on soit là quand l'Empereur descendra l'escalier Rouge, salué de cent un coups de canon, — et quand il le remontera, couronné et sacré, sceptre et globe en main, couronne en tête...

Construite à la place même où s'élevait autrefois une vieille église par le Bolonais Fioravanti, la cathédrale Ouspensky — ou de l'Assomption — est un monument de style lombardo-byzantin. Elle a plusieurs fois été pillée ou incendiée, mais toujours reconstituée dans sa forme intégrale primitive. Il y a quelques années encore, de hautes verrières l'assombrissaient : on les a changées et, ce matin, le soleil, qui est décidément de toutes les fêtes, baignait de lumière les fresques de la cathédrale.

Ces fresques ne valent que par leur étrangeté et par leur profusion. Les quatre hauts piliers qui soutiennent la coupole sont revêtus de peintures étagées, où les saints du calendrier russe sont représentés dans leurs attitudes essentielles. Des centaines de figures — la *Vie de la Vierge*, le *Jugement dernier* — courent ainsi sur les murs de la cathédrale, hiératiques et fières, de couleur souvent violente, et se détachant sur un fond d'or. L'ensemble est d'un effet saisissant, aux heures où le soleil s'y joue, donnant des reflets singuliers aux fresques, multipliant les couleurs en les décomposant.

L'Iconostase qui nous sépare du sanctuaire est merveilleux. C'est une épaisse cloison de vermeil découpée à jour et garnie de cinq rangs d'images saintes, ornées de pierres précieuses. A droite, l'image du Sauveur, qu'on attribue à l'Empereur grec Manuel, à gauche l'image de la Vierge de Korsoun. Au front de la Vierge est une émeraude qui vaut cent mille francs. Le cadre seul est estimé un demi-million. Dans l'Iconostase de la cathédrale Ouspensky il y a six mille kilogrammes d'or.

L'assemblée est composée de princes, de princesses, de dignitaires. De quelque côté qu'on se tourne, ce ne sont qu'uniformes étincelants et habits de gala. Les princesses et les dames russes portent le costume de cour avec le cacochnik sur le front, les voiles tombant sur les épaules. Les femmes des membres du corps diplomatique ont revêtu des toilettes claires et décolletées, avec aigrettes et plumes sur la tête.

La comtesse de Montebello est fort gracieuse dans la même toilette que l'impératrice Joséphine, le jour de son couronnement, et qui nous a été conservée dans le tableau de David. La robe de satin paille, toute recouverte de tulle, est brodée de paillettes d'or, chéruze or et perles encadrant le décolleté. Le manteau de cour, pur style Empire, est en satin paille enrichi d'une magnifique bordure de palmes brodées en vert, or et perles fines. La traîne entière est parsemée de palmes et de lauriers.

Les dames de la Cour sont dans la tribune, à la droite de l'Empereur. A gauche les ambassadeurs, les membres du Sénat et le Conseil de l'Empire. Dans la tribune qui fait face à l'Iconostase et au sanctuaire, derrière le trône impérial, et comme le fond de ce tableau du sacre, auquel travaille Gervex, les maréchaux de la noblesse, les chambellans, les délégations. Nous sommes dans cette tribune, d'où nous dominons la scène grandiose à laquelle nous allons assister.

Précisément en face de nous s'ouvre la porte sainte de l'Iconostase, où nous voyons le clergé en prières dans le sanctuaire. Rien ne peut rendre la vive impression d'art de ces trente métropolites ou prêtres, dans les habits sacerdotaux, tramés de l'or le plus fin, quand ils franchissent lentement la porte de l'Iconostase que mord le soleil.

... Mais soudain les trompettes retentissent, le canon tonne, les cloches d'Ivan-Véliky sonnent à toute volée, et des hourrahs frénétiques arrivent jusqu'à nous, légèrement assourdis. C'est le cortège de l'Impératrice-mère qui descend l'escalier Rouge... L'Impératrice s'avance, émue et gracieuse, portant la couronne et le manteau impérial. Elle est déjà dans la cathédrale, où tous s'inclinent devant elle, tandis qu'elle monte les degrés et que, aidée de ses assistants, elle vient prendre place sur le trône.

Le canon continue à tonner, toutes les cloches de Moscou s'ébranlent, de nouveaux hourrahs plus nourris s'élèvent : l'Empereur et l'Impératrice ont quitté la salle du Trône et paraissent en haut de l'escalier Rouge. Un brillant cortège, dont les uniformes scintillent au soleil, précède les souverains et pénètre dans la cathédrale, qu'il traverse. Enfin voici venir l'Empereur, lentement, un peu pâle, mais le regard droit, dans le simple uniforme de colonel de Preobajensky, avec le cordon de Saint-Alexandre-Newsky et le collier de Saint-André. Un peu en arrière marchent les assistants de l'Empereur, le grand-duc Wladimir et le grand-duc Michel... L'Impératrice Alexandra, très violemment émue, vient ensuite : elle a revêtu une robe de soie blanche, brodée d'argent, et, en sautoir, l'ordre de Sainte-Catherine. Les acclamations, tumultueuses et triomphales, les accompagnent jusque dans la cathédrale...

L'Empereur et l'Impératrice plient le genou par trois fois devant la porte sainte qui ouvre le sanctuaire, et vénèrent les saintes Images.

Ils franchissent à leur tour les degrés et s'assoient sur les trônes des tsars Michel Feodo- rovitch et Jean III. L'Impératrice-mère et l'Empereur ont à ce moment un regard profond et attendri... L'heure suprême a sonné. Sur l'invitation du métropolite, l'Empereur fait à haute voix sa profession de foi orthodoxe. On fixe à ses épaules le manteau impérial et il reçoit la bénédiction pontificale du métropo- lite de Saint-Pétersbourg, qui lui impose les mains sur la tête en forme de croix. Un long frisson a couru parmi nous.

L'Empereur vient de donner l'ordre de lui présenter la couronne. Tous les yeux sont ardemment fixés sur ce jeune souverain de vingt-huit ans qui va poser lui-même sur son front la couronne la plus lourde à porter... Que fera-t-il? Va-t-il être plus ému et plus pâle? Sa main tremblera-t-elle? Mais la couronne est déjà sur sa tête, et nul ne pourrait dire si sa main a tremblé ou s'il a pâli davantage: Nicolas II est définitivement Empereur et Autocrate de toutes les Russies.

L'Impératrice Alexandra s'est agenouillée devant l'Empereur. Celui-ci prend sa couronne et en touche le front de l'Impératrice, puis il met sur la tête de la jeune souveraine la couronne qui lui est destinée. Et lorsqu'on a fixé à ses épaules le manteau impérial en soie jaune doublé d'hermine et piqué d'aigles noires, elle se relève. L'Empereur alors d'un geste affectueux l'attire vers lui, il la regarde dans les yeux et l'embrasse avec tendresse. Il n'est pas de scène plus imprévue, ni empreinte de plus de grâce solennelle et à la fois charmante. De même quand l'Impératrice Marie s'avance pour féliciter l'Empereur, la mère et le fils s'embrassent dans une effusion tendre, à quatre reprises. Et, comme l'Impératrice allait regagner son trône, son fils la retient encore et de nouveau la presse contre lui... Le bourdonnement des cloches, mêlé à une salve de cent un coups de canon, produit à cette heure précise un effet de hautaine grandeur.

Une autre scène plus émouvante encore va se dérouler : l'Empereur, après la lecture de ses titres, la couronne sur la tête, tombe à genoux, et dit d'une voix forte cette prière :

« O Seigneur, roi des rois et Dieu de mes

pères ! Il t'a plu de m'élire souverain et juge de l'orthodoxe empire russe. Je confesse être toujours sous ton œil vigilant, quoique invisible ; aussi me voilà prosterné devant ta Suprême Majesté. Je t'implore, ô mon Seigneur et ô mon Maître ! Daigne m'armer pour mon formidable ministère.! Octroie-moi la sagesse qui émane de ton trône, afin que je conçoive toujours ce qui est agréable à tes yeux ! Fais-moi suivre, ô Seigneur, la vérité dans tes commandements ! Prends mon cœur dans ta main, ô mon Dieu ! Et que je règne pour le bonheur de mes peuples en te bénissant toujours ! Que ton saint nom soit glorifié avec ton Fils miséricordieux et ton Esprit créateur en toute éternité. Amen ! »

Le métropolite se met à genoux à son tour, ainsi que toute l'assistance, et adresse au nom de la nation une prière au Tout-Puissant. L'Empereur seul est debout, le soleil caressant les diamants de sa lourde couronne... Qui pourrait rendre la grandeur d'une telle scène et dans ce cadre.

La cérémonie du sacre commence immédia-

tement après. On étend depuis le trône jusqu'à
la porte sainte un drap de velours cramoisi sur
lequel est fixé ensuite un drap d'or. L'Empereur, ayant remis son sabre à l'un de ses
assistants, descend du trône et, suivi de l'Impératrice Alexandra, se dirige vers la porte
sainte, où le métropolite, tenant l'Amphore
précieuse avec la Saint-Chrême, y trempe un
rameau d'or et en oint le front, les paupières,
les narines, les oreilles, les lèvres, la poitrine
et les mains de l'Empereur, en prononçant
les paroles sacrées : *Impressio doni Spiritus
Sanctus.* Une fois encore la voix du canon se
mêle au son des cloches, et l'Impératrice reçoit
l'onction, mais au front seulement.

Cependant l'empereur est introduit dans le
sanctuaire par la porte sainte qui se referme
sur lui... Quand Nicolas II reparaît, il a reçu la
communion, comme la reçoivent les prêtres,
séparément, sous chacune des Espèces. A son
tour, l'Impératrice, qui est demeurée de ce côté
de l'Iconostase, s'approche de la porte sainte, et
sans la franchir, communie suivant le rite usuel,
puis deux archevêques lui présentent l'Anti-
dore et le vin, ainsi que l'eau et les ablutions.

Ayant repris leur place sur le trône, un aumô-
nier récite les prières d'actions de grâces, et
l'archidiacre entonne les versets : *Domine,
salvum fac Imperatorem* et *Domine salvam fac
Imperatricem*, tandis que les chantres **répètent**
trois fois : *Ad multos annos.*

L'Empereur replace la couronne sur sa tête
et reprend le sceptre et le globe : la cérémonie
est terminé.

Le peuple, qui attend depuis bientôt trois
heures dans la cour et sur les tribunes du
Kremlin, est averti par les sonneries des trompettes, le bourdonnement des cloches et les
salves d'artillerie. Des hourrahs s'élèvent qui
ne cesseront que dans une heure, lorsque
l'Empereur, ayant fait ses dévotions dans les
diverses églises du Kremlin, aura regagné la
Granovitaïa-Palata.

Sous un dais que portent seize aides de camp
généraux et dont les cordons sont tenus également par seize dignitaires, l'Empereur et l'Impératrice sortent de la cathédrale de l'Assomption, et se montrent au peuple dont l'enthousiasme déborde.

De nombreuses musiques desséminées, dans lesquelles les trompettes dominent, éclatent en fanfares. L'Empereur et l'Impératrice avancent, revêtus du manteau impérial. L'Empereur porte la couronne, le sceptre et le globe.

Le soleil est éclatant ; les cuirasses, les casques d'acier, les épées, les ors des uniformes étincellent...

Le spectacle est inoubliable de ce jeune Empereur, si simple, si pâle, comme grandi par la majesté, et à cette heure surtout, par la double cérémonie du couronnement et du sacre, et qui communie dans son peuple comme son peuple communie dans lui. C'est, de part et d'autre, une prise de possession... Dans un instant, on en aura l'impression très nette quand, du haut de l'escalier Rouge, sous les rayons d'un soleil ardent, et répondant aux acclamations triomphales, l'Empereur, couronne en tête et sceptre en main, s'inclinera par trois fois devant son peuple. Cette minute est unique dans la vie, unique pour un peuple, unique pour nous qui l'avons vécue, — unique pour l'Empereur !

Un banquet solennel est préparé à la Granovitaïa-Palata, où se rendent les souverains. L'Empereur et les deux Impératrices montent sur l'estrade du trône en brocart d'or doublé d'hermine, et formée de trois marches recouvertes d'un tapis de peluche cerise, avec torsade d'or.

Trois couverts ont été dressés sous le dais. Le couvert de l'Empereur est entre celui de la Tsarine douairière Marie Feodorovna à droite et celui de la tsarine Alexandra Feodorovna à gauche.

Sur l'estrade, en arrière des trônes, les assistants de Leurs Majestés, les grandes charges de la Cour. Le grand écuyer-tranchant est en face et les grands échansons à droite et à gauche de la table impériale. Le commandant du régiment des chevaliers-gardes de l'Impératrice Marie Feodorovna, le sabre au clair et le casque en tête, se tient sur l'estrade en arrière des trônes ; à droite de la dernière marche de l'estrade, l'aide de camp général et le général de la suite de service ; à gauche l'aide de camp de l'Empereur de service.

Au pied de l'estrade du trône, des deux côtés, sont postés quatre officiers du régiment des

chevaliers-gardes, le sabre au clair et le casque
en tête, et aux angles de la dernière marche de
l'estrade, les deux hérauts d'armes. En face du
trône, l'archi-grand-maréchal de la Cour, derrière eux les grands-maîtres des cérémonies du
couronnement et les maîtres des cérémonies
avec les insignes de leurs charges. Les dignitaires qui ont porté la couronne, le sceptre et
le globe, avec leurs assistants, se tiennent près
de la table sur laquelle sont ces insignes.

Les plats, portés par des officiers en retraite
appartenant à la noblesse de Moscou, sont précédés par l'archi-grand-maréchal, le grand-
maréchal de la Cour, l'archi-grand-maître des
cérémonies et le maréchal de la Cour, accom-
pagnés de chaque côté par deux officiers du régiment des chevaliers-gardes, le sabre au clair
et le casque en tête, et suivis des grands-maîtres des cérémonies du couronnement et des
maîtres des cérémonies. L'Empereur dépose la
couronne, le sceptre et le globe sur les coussins
que tiennent les dignitaires.

Puis le métropolite de Moscou bénit le repas,
et Leurs Majestés prennent place à table.

Au milieu de la salle du banquet se dresse

un immense buffet, sur lequel est une merveilleuse vaisselle d'or et d'argent.

Les coupes sont présentées à Leurs Majestés
par les grands échansons. L'un d'eux porte les
santés au son des fanfares...

« Le Kremlin est illuminé. » Qui ne s'est
promis à Moscou de ne point manquer ce spectacle du Kremlin illuminé! C'est une fête pour
les yeux, une fête unique, comme nous disons
ici depuis quelques jours. Unique l'entrée solennelle ! Unique le sacre ! Uniques les illuminations de Kremlin. Et c'est exact.

« Au-dessus de Moscou, il n'y a que le
Kremlin ; au-dessus du Kremlin, il n'y a que
le ciel. »

Ce soir, le vieux proverbe russe n'est pas
tout à fait vrai : le ciel lui-même n'est pas au-
dessus du Kremlim, dont les globes électriques,
vus de la Butte aux Moineaux, se confondent
avec les étoiles dont le ciel — un ciel d'Italie —
est criblé. Oui, certes, le Kremlin illuminé est
une des merveilles du monde. C'est à la fois tra-
gique, souriant, barbare, féerique ; la tour
d'Ivan-Véliky, illuminée de la base au faîte,

se dresse, terrible et comme grondante, au milieu des feux rouges, bleus, blancs, verts, orange. Toutes les lumières du monde, accumulées sur un point, ne produiraient pas cet effet étrange d'améthystes, de topazes, d'émeraudes, de diamants, de saphirs, de lapis-lazuli, que nous ne retrouverons plus. L'œil en est ébloui. Au pied du mur d'enceinte de Kremlin inondé de lumière, la foule acclame l'Empereur. Tout Moscou est dehors : il y a cinq cent mille hommes autour du Kremlin, et notre drojky met deux heures à parcourir trois cents mètres... L'Empereur doit être satisfait : cette journée commencée dans le triomphe finit en apothéose.

15/27 mai.

La proclamation impériale a été publiée! L'Empereur soulagera les humbles et les malheureux, « même ceux qui le sont par leur propre faute, » afin qu'ils puissent participer à la joie commune, en entrant dans une nouvelle voie.

Le manifeste indique les quinze catégories des différents adoucissements de peines que comportera l'amnistie. Abandon sera fait des impôts impayés pour la Russie d'Europe et la Pologne. Le manifeste parle d'une certaine réduction temporaire de l'impôt foncier. Les amendes sont réduites ou remises. Des créances de l'Etat de différentes sortes sont annulées, les condamnations pour délits peu graves effacées.

Les exilés en Sibérie pourront, après douze ans, choisir librement leur résidence. Même faculté sera accordée, après dix ans, aux exilés des gouvernements non sibériens. Cette mesure ne s'étend pas aux capitales des gouvernements et ne fait pas rentrer les intéressés dans leurs droits.

Les criminels internés en Sibérie ou dans des gouvernements éloignés où une résidence déterminée leur est imposée, verront leurs peines réduites d'un tiers. Les déportés pour la colonisation deviendront cultivateurs au bout de quatre ans au lieu de dix ans comme jusqu'ici. Les condamnés aux travaux forcés auront leurs peines diminuées d'un tiers ; les condamnations aux travaux forcés à perpétuité sont commuées en vingt ans de la même peine ; beaucoup d'autres condamnations sont adoucies. Les délais de prescription seront raccourcis. Les criminels d'Etat, selon le degré de culpabilité, et suivant le repentir qu'ils témoigneront, bénéficieront de réductions de peines.

Les déportés qui auront subi leur temps d'exil pourront, par leur conduite sans tache et leur vie laborieuse, être réintégrés dans leurs droits.

Au grand palais du Kremlin, les souverains ont reçu en grande solennité les félicitations des ambassadeurs extraordinaires et des membres du corps diplomatique.

Ce soir, il y a un banquet à la Granovitaïa-Palata, réservé au haut clergé et aux grands dignitaires de l'Empire. Les princes étrangers n'y assisteront pas, non plus que les ambassadeurs.

Les souverains russes ont fait une sortie en voiture découverte, afin de voir les illuminations de Moscou.

16/28 mai.

Il y a bal de cour au Kremlin. Ce m'est une occasion de visiter le palais, tandis qu'arrivent les hauts dignitaires en brillant uniforme et les dames en toilette de cour. Extérieurement, le palais est une sorte de caserne : on y a dépensé douze millions de roubles. A l'intérieur, il a très grand air. Trois salles surtout nous arrêtent, par leurs dimensions : les salles Saint-Georges, Saint-Alexandre et Saint-André.

La salle Saint-Georges est de beaucoup la plus vaste : elle a soixante mètres de long. Dix-huit piliers et dix-huit colonnes torses supportent le plafond. Sur les chapiteaux, des Victoires à boucliers disent les conquêtes de la Russie, et sur les murs sont inscrits en lettres d'or les noms des chevaliers de Saint-Georges.

La salle Saint-Alexandre est également très belle, avec ses quatorze hautes fenêtres et les glaces qui leur font vis-à-vis et où se reflète le panorama de Moscou, de l'autre côté de la Moskowa. Cinq mille bougies l'éclairent ce soir. Enfin dans la salle Saint-André est le trône impérial, aux armes des Romanoff. Aux murs et aux piliers les armoiries impériales. Sur les lourdes portes de bronze qui séparent ces deux salles est le grand cordon de Saint-André, l'ordre le plus élevé de Russie.

C'est dans ces trois salles que l'Empereur
défile à dix reprises, donnant la main à l'Impératrice, d'abord, puis aux grandes-duchesses
et aux ambassadrices. Un cortège de grands-
ducs, de princes du sang et d'ambassadeurs
suit l'Empereur. Le bal se réduit à cette promenade, tandis que des orchestres jouent la
Polonaise.

L'Empereur a un fin sourire. Il regarde droit
ceux qui sont sur son passage, dignitaires de
l'Empire, dames de la Cour, membres du corps
diplomatique, ou même jeunes sous-lieute-
nants qu'il connaît tous et sur lesquels il
compte. Il a *pris* le peuple, l'autre jour, du
haut de son cheval blanc, dans la Tverskaïa et
devant la Vierge d'Ibérie; aujourd'hui il *prend*
les trois mille « personnages » qui sont ici, et
il les *prend* bien, par sa jeune grâce, souriante
et aimable, qui n'exclut ni la fermeté de la dé-
marche ni l'assurance volontaire de son œil
doux.

Reverrons-nous quelque part ce luxe de décor,
ces uniformes où sont représentées toutes les
armées du monde et toutes les diplomaties, depuis la Chine et le Japon avec Li-Hung-Tchang

et le maréchal Yamagata jusqu'à l'émir de Boukhara, admirable dans l'or de sa robe de soie brochée, et dont les aides de camp nous attirent pour leurs beaux yatagans incrustés de pierreries, pour la richesse éblouissante de leurs uniformes également de soie brochée, pour leurs yeux noirs allongés, et pour leur barbe d'empereurs de la décadence ?

Et tandis que de la salle du Trône le cortège reprend sa marche vers les salles Saint-Alexandre et Saint-Georges, le peuple, au pied du Kremlin illuminé, envoie vers l'Empereur ses hourrahs enthousiastes et les vivats de son cœur fidèle.

17/29 mai.

J'ai vu ce matin Mgr Agliardi, nonce du pape, et envoyé extraordinaire à qui j'ai été présenté par Mgr Granito di Belmonte. Il sera cardinal demain. C'est un diplomate italien retors, toujours le sourire aux lèvres, un peu sardonique, et dont les yeux gris, petits et malicieux, vous fixent sans répit. Sa présence aux fêtes du couronnement soulevait une curieuse question de préséance. En quittant Rome la mission devait s'arrêter plusieurs jours à Vienne pour n'arriver que le lendemain du couronnement. Mais une dépêche prévint la mission que si Mgr Agliardi était assez heureux pour se trouver à Moscou le jour même, il ne s'en plaindrait pas.

En deux heures les malles étaient faites, — et la mission descendait du train mardi, pendant la cérémonie de la cathédrale Ouspensky. Mgr Agliardi et sa suite étaient reçus, mercredi matin, par Leurs Majestés, et dans la journée il assistait au grand banquet de la Granovitaïa-Palata, offert au haut clergé et aux grands dignitaires.

C'était débuter à merveille : la mission du Pape avait réussi au delà de toute espérance. Que désirait, en effet, le Saint-Siège ? Il voulait que son envoyé extraordinaire eût rang de Prince et fût traité comme tel : il l'a été. Mgr Agliardi n'a pas été reçu avec le corps diplomatique, mais avant lui. Il a dîné à la Cour avec les Princes du sang et en qualité de Prince de l'Église, tandis que le corps diplomatique ne dînera au Palais, dans la salle Saint-Georges, que samedi prochain, — neuf jours après Mgr Agliardi.

Les petits yeux gris du nonce et son sourire

si particulier me disent tout cela presque autant que ses lèvres grasses... Et si de ma vie je
n'avais vu un homme heureux, je l'aurais du
moins rencontré ce matin dans le vaste cabinet
de travail de Stratsnoy-Boulevard, sous les espèces d'un prélat qui fera honneur à la pourpre
et au chapeau cardinalice.

A la représentation de gala en l'honneur
des souverains, on a donné le premier et
le dernier acte de la *Vie pour le Tsar*, en
un ballet écrit par M. Petipa, musique de
M. R. Drigo. En réalité le spectacle était moins
sur la scène que dans la salle. Au parterre les
généraux et les hauts dignitaires de l'Empire,
grand'croix de Saint-André ou grand'croix de
Saint-Alexandre Newsky : il y a là plus d'un
héros de la guerre russo-turque. Dans les loges,
un ruissellement de diamants et d'uniformes
où l'or domine.

Quand l'Empereur arrive, des hourrahs
s'élèvent ; plusieurs minutes durant on crie :
Hourrah ! hourrah ! hourrah ! L'orchestre joue
l'hymne russe et, sur la scène, des chœurs
chantent : *Bojé, Tsara, Krani.*

On n'applaudit pas. A la fin de chaque acte les spectateurs font face à l'Empereur et poussent des hourrahs : c'est tout. Cependant on prend plaisir à la *Vie pour le Tsar*, depuis longtemps populaire, et au ballet : *la Perle Merveilleuse*.

Dans une grotte, féerique, toute de nacre, de coraux et de madrépores, des perles merveilleuses, les plus belles de l'Océan, sont réunies et cachées à tous les yeux. La perle blanche est endormie dans sa conque.

Tout à coup, un rayon de lumière tombe du ciel dans la demeure des perles et dans ce rayon descend un génie étincelant. Les perles épouvantées disparaissent.

Le génie reste seul, désappointé, dans la grotte déserte. Toutes les perles ont fui... non... la perle blanche, toujours endormie, est là, étendue, dans sa conque. Le génie la voit et l'admire, puis, attiré par sa beauté, il s'approche d'elle. La perle s'éveille. Elle veut se renfermer dans sa prison nacrée. Le génie l'implore, la désarme. Elle consent à quitter sa conque, elle laisse complaisamment le génie l'admirer.

Cependant les vagues ont averti le roi Corail, gardien jaloux des trésors de la mer. Il survient avec toute une armée. A sa vue, les perles tremblent.

Le génie, malgré leurs prières, va être pour jamais enfermé dans les abîmes de la mer, sous la garde de monstres terribles. En vain les perles supplient, le roi Corail est inexorable.

Le génie frappe un rocher de sa baguette. Le rocher s'entrouvre et il en sort une armée appartenant au génie de la terre : soldats d'or, argent, airain et fer. Un combat s'engage entre les coraux et les métaux. Les coraux ont le dessous. Alors les gardes du corps des perles apparaissent comme dernier renfort.

Mais ce dernier renfort est également refoulé. Le génie s'empare de la perle blanche.

Le roi Corail et les perles s'inclinent devant le vainqueur. Le génie dit alors au roi Corail qu'il vient chercher la plus belle perle de l'univers, qui doit être le plus beau fleuron de sa couronne. Le roi Corail laisse toutes les merveilleuses richesses de la mer rendre hommage au génie et à la perle blanche.

La *Perle merveilleuse*, c'est l'Impératrice Alexandra Feodorovna. L'allusion fait plaisir à tout le monde, aussi, quand le rideau tombe, les hourrahs montent plus fournis s'il est possible, et l'hymne russe est écouté avec un respect plus religieux...

18/30 mai.

Cette journée sera marquée d'une pierre noire dans l'histoire de la Russie : plusieurs milliers de morts, tel est le bilan. C'est horrible. Nous avons assisté aux scènes les plus déchirantes. On devait distribuer au peuple, massé au camp de Khodynsky-Polé, le cadeau de l'Empereur : quelques provisions et un gobelet émaillé, aux armes de la Russie, le tout enveloppé dans un mouchoir historié. L'organisation de cette cérémonie a été si défectueuse qu'une poussée formidable s'est produite, où deux ou trois mille malheureux ont trouvé la mort. On cite déjà des détails navrants : une mère a été écrasée qui allaitait son enfant ; trois jeunes frères ont été écrasés qui se tenaient par le bras ; un père de famille et ses deux fils s'étaient enlacés au moment suprême...

Cependant l'Empereur a dû saluer son peuple, du haut du pavillon qui domine Khodynsky-Polé. Pauvre Empereur ! C'est le premier sang versé pour lui. Il frappera certainement les coupables. Pour l'instant, il doit terriblement souffrir de ne pouvoir arrêter le cours des fêtes. On dit qu'il a vu défiler sous ses yeux plusieurs charretées de cadavres, ce qui prouve le désarroi où l'on est.

Au bal de l'ambassade de France, qu'on n'a pu décommander, — l'Empereur ne saurait prendre le deuil, nous explique-t-on, au milieu des cérémonies réglées depuis longtemps, — Nicolas II était triste : il ne souriait qu'avec contrainte...

Pour nous, les fêtes sont virtuellement finies. Du reste, il n'y a plus que des banquets et des bals...

LE SAINT DE LA RUSSIE

LE PÈRE IVAN

Moscou, 16/28 mai.

Vous en avez entendu parler dans les circonstances les plus douloureuses pour le peuple
russe. C'était il y a un an et demi. L'empereur
Alexandre III se mourait à Livadia et la science
avait depuis longtemps perdu tout espoir. La
reine Olga et la grande-duchesse Alexandra
Joséphwna supplièrent qu'on appelât le père
Ivan au chevet de l'auguste agonisant. Hélas!
quand le prêtre arriva, toute espérance était
vaine. Du moins, l'empereur eut la consolation
des prières du Père Ivan, et ces prières-là re-

posèrent son esprit, calmèrent ses souffrances.
Alexandre III mourut en le remerciant.

Qui donc est ce Père Ivan, si célèbre en
Russie que les moujiks font trois signes de
croix en prononçant son nom ? Qui donc est-il,
cet homme vers qui les foules accourent ? On
attend de lui des miracles. Il n'est pas un grand
de la terre russe qui n'ait réclamé son intervention. L'empereur Nicolas II le tient en si
haute estime que c'est par son ordre que le père
Ivan Sergueiew a quitté sa cathédrale de
Cronstadt pour venir officier dans la cathédrale
d'Ouspensky. Les deux impératrices le vénèrent
et on dit que l'impératrice Alexandra Feodorovna demanda expressément qu'il assistât à
son mariage. Tout le monde espère en lui. Il
serait, s'il lui plaisait de l'être, l'homme le plus
influent de toutes les Russies ; il se contente
d'en être le plus modeste, servant avec fidélité
Dieu et l'empereur.

Il a soixante-six ans, étant né en 1830, dans
une petite bourgade, Soursk, très éloignée de
tout centre important. Son père appartenait déjà
au clergé. Il était sous-diacre, d'une grande
bonté, mais aussi d'une pauvreté extrême.

Le Père Ivan fut mis au séminaire, où on le *poussa* d'autant plus qu'il y donna très rapidement des preuves de sa jeune et belle intelligence. A la Faculté de théologie, où il entra ensuite, on le considéra comme un sujet exceptionnel au double point de vue de la science et de la foi.

Plus tard il fut signalé à l'empereur Alexandre II, qui l'admit plusieurs fois à l'honneur de s'entretenir avec lui et qui lui manifesta toute sa satisfaction de sa haute sagesse et de son dévouement à la famille impériale. A son tour, l'empereur Alexandre III multiplia ses marques de faveur au Père Ivan, et le grand-duc Alexis, en sa qualité de chef suprême de la marine russe, s'étant trouvé souvent en contact avec lui, à l'église Saint-André, à Cronstadt, à la tête de laquelle est le Père Ivan, dit couramment : « Ce prêtre-là est un saint... »

J'ai voulu voir le Père Ivan et je l'ai vu aujourd'hui même. Sollicité par une dame française, Mme Th. Vianzone, le général Stepanow avait bien voulu nous introduire auprès du Père Ivan. Le général Stepanow est attaché à la personne du grand-duc Serge, oncle de l'empereur et gouverneur général de Moscou. Le père Ivan devait me recevoir à midi. A l'heure dite, j'arrive à la Miasnitskaïa, près de l'église Saint-Nicolas, où il habite une maison amie. Je n'ai pas besoin de demander si c'est bien ici. La foule envahit la cour et déborde jusqu'au milieu de la rue. Il y a là un millier de malheureux de tout âge et de toute condition, mais les loqueteux dominent, misérables perclus de la vie qui viennent mendier moins un morceau de pain noir qu'une parole de consolation et d'espérance.

C'est une cour des miracles : aveugles et paralytiques, pauvres petites filles qui toussent, malades de la poitrine, vieillards cacochymes, culs-de-jatte, sourds et muets, toutes les misères d'ici-bas se sont donné rendez-vous dans cette impasse, craintives et douces. Nul ne dit un mot, et n'étaient les gémissements des malades, il planerait un silence de mort.

Il faut une demi-heure pour fendre la foule compacte. Une porte cochère sépare la cour extérieure de la maison du Père Ivan. On l'ouvre avec des précautions infinies, une poussée formidable étant à craindre. Cela s'est vu à Cronstadt, à Pétersbourg et à Kiew. On sait si bien à quoi s'en tenir, que lorsque le Père Ivan voyage, quatre gendarmes gardent son wagon.

Nous pénétrons enfin. Nous sommes en retard d'une demi-heure et on a dû conseiller au Père Ivan de se reposer. Il dort. Une vieille dame nous dit que depuis son arrivée à Moscou, il s'accorde à peine quatre heures de sommeil. Le matin, il officie dans les chapelles privées ou même dans le salon où nous sommes, et vers midi il sort jusqu'à minuit, souvent plus tard, pour apporter ses consolations et ses prières à ceux qui l'appellent ou qu'on lui signale. Aujourd'hui, il nous a attendus. Il prendra ensuite une porte dérobée, afin d'éviter la foule.

Mais on nous prévient que le Père Ivan est réveillé. Il sait que je suis Français et il aura, dit-il, plaisir à me recevoir. A vrai dire, je suis fort embarrassé pour écrire ici ce que je ressens. J'ai peur de trahir le Père Ivan.

Une chose frappe tout d'abord dans l'homme

que voici, de taille ordinaire, vêtu d'une *riassa*
en soie brochée, et si simple : ce sont les yeux.
Dans ces yeux bleu clair vibre une lumière
qui leur donne une vie intense. Tout est dans
ces yeux : la bonté, la douceur, la force et la
grâce, et un charme adorable qui vous attire.
Je ne sais pas de regard plus profond ni qui
vous enveloppe davantage. Il est évident que
ses yeux sont pour beaucoup dans la puissance
du Père Ivan. Il a les pommettes saillantes de
l'homme du peuple russe, les narines larges et
volontaires, l'oreille développée. Sa bouche,
perdue dans la moustache, je l'ai peu vue.
Quand il l'ouvrait c'était pour dire de si douces
choses et si élevées que la matérialité humaine
disparaissait sans effort.

Et, vraiment, j'avoue que cet homme m'a
remué. Après m'avoir serré dans ses bras, d'un
geste si naturel, il s'est intéressé à notre pays,
à tout ce que nous aimons. Je demande si le
Père Ivan a gardé le souvenir de nos marins
à Cronstadt.

« Oui, certes, répond-il, et je les aime ten-
drement. Ils ont l'âme pure. Ce sont des enfants très près de Dieu. »

D'ailleurs, l'humanité tout entière est chère au cœur du Père Ivan :

« Je prie Dieu pour tout le monde, » ajoute-t-il.

Nous parlons de la France.

« Je lis le français, dit-il, qui est une belle langue : je l'ai apprise afin de vous mieux connaître et de vous mieux aimer. Et vous méritez qu'on vous aime. Je voudrais parler votre langue et l'entendre. »

Le nom du Père Didon tombe dans la conversation.

« Je le tiens pour un savant de premier ordre, dit le Père Ivan. J'ai lu ses livres dans le texte original, notamment *la Vie de Jésus*. C'est un beau livre. »

Nous causons ainsi quelques instants, aidé de mon ami M. I. Pavlovsky, qui veut bien traduire. Des délégations se présentent venues des districts les plus éloignés. Toutes sollicitent la faveur d'une visite du Père Ivan, ou tout au moins des prières spéciales. Dans la cour gémissent toujours les malades. Ce lui est un vrai chagrin de ne pouvoir soulager tout le monde.

« Je ne suis pas Jésus, prononce-t-il. Je ne suis que son serviteur dévoué. »

Il y a douze ans environ que le Père Ivan jouit en Russie de cette célébrité. Alors, simple prêtre ignoré, mais dont la piété était déjà connue et aussi la grandeur d'âme, on le signala au prince Youssoupoff qui désespérait de sauver la jeune princesse sa femme.

« Qu'on l'aille chercher, » dit le prince.

Le Père Ivan parut. Il se mit en prières dans une pièce voisine. Soudain, la malade se dressa sur son séant. Elle ignorait qu'à côté d'elle se trouvât un prêtre.

« Qu'on ouvre cette porte, dit la princesse, je sens que c'est par là que vient mon salut. »

On ouvrit, en effet. Le Père Ivan pria longtemps. Il vit la malade, lui apporta le Saint-Sacrement dès le lendemain, — et la princesse Youssoupoff, qu'on croyait morte, vit, Dieu merci! jeune et belle. Elle a, aujourd'hui, douze ans de plus, mais on assure qu'il n'y paraît pas.

Depuis, les phénomènes de ce genre se sont multipliés. Il y a un an ou deux la jeune princesse Bariatinsky était très malade. Elle gar-

dait le lit depuis plusieurs mois et on craignait
qu'elle ne pût plus se lever ni marcher. On
manda le Père Ivan. Une heure après, la princesse se jetait tout en larmes dans ses bras.
Elle était guérie.

Les médecins avaient condamné la comtesse
Sch... Le professeur Botkine déclarait dans
une consultation, à laquelle assistaient plusieurs de ses confrères, que l'empoisonnement
du sang était tel que la mort semblait inévitable
à bref délai. Quelqu'un — c'est, dit-on, un
vieux serviteur — eut l'idée de prononcer le
nom du Père Ivan. Le comte Sch... ne croyait
guère à l'efficacité du thaumaturge. Cependant
il l'appela. La maison était connue du Père
Ivan pour le peu de cas qu'on faisait de lui.
Pourtant il accourut.

Les médecins étaient là. Ils décident de ne
pas laisser pénétrer le prêtre dans la chambre
de la malade que sa vue pourrait alarmer inu-
tilement. Qu'importe! Le Père Ivan dit : « Ce
que l'homme ne peut pas, Dieu le peut ! N'est-il
pas écrit : « Tout ce que vous demanderez en
« mon nom, je le ferai ? » Dans une pièce voisine le Père Ivan se met en prières. La malade,

presque aussitôt soulagée, se demande ce qui lui
vaut cette transformation subite dans son état :
« Que se passe-t-il? Je sens comme un air
frais qui vient de *là* — et elle désigne la porte
fermée — qui me donne des forces nouvelles. »

Néanmoins le comte Sch... doutait du résultat
final. Le Père Ivan lui dit en se retirant :

« Dieu qui a fait l'univers peut tout
faire. »

Quelques jours plus tard la comtesse Sch...
était complètement guérie.

On cite un double cas de guérison par la
prière, et dans des conditions toutes spéciales.
C'était en 1889. Deux enfants, atteints du
croup, devaient subir l'opération de la trachéo-
tomie. Effrayés des complications possibles,
les parents réclament l'intervention du Père
Ivan. A huit heures du matin, le prêtre reçoit
une dépêche dans sa maison de Cronstadt. Il
s'agenouille aux pieds de l'icone. Une heure
plus tard les deux enfants étaient guéris, et
sans qu'il fût besoin d'opération.

Parmi les guérisons miraculeuses obtenues
par le Père Ivan, voici celle d'un étudiant,

sorte d'esprit fort qui avait voulu lui « jouer un bon tour » :

« Vous verrez, disait-il, que si je me couche en faisant croire que je suis malade, il ne s'apercevra pas de la supercherie. »

Il fit comme il avait dit, il se coucha. Le Père Ivan le voit et dit :

« Reste ainsi que tu es. »

Quand le prêtre fut sorti, le jeune homme voulut se lever. Vains efforts : il était frappé de paralysie ! De nouveau on supplie le Père Ivan, qui revient et, doucement, mais sur un ton de ferme volonté, prononce ces paroles :

« Crois! crois! Il faut croire! »

Il tombe en prières, et quand il a fini, l'incrédule étudiant est guéri !

Une autre fois un malade se présente chez le Père Ivan :

« Enlevez-moi ma souffrance, bon Père, lui dit-il ; ce que je sens est horrible. »

Le prêtre le regarde, il lui demande s'il croit fermement, et quand le patient a répondu « oui », il le fait boire dans une tasse où il avait bu lui-même auparavant. Tous deux prient

et après une invocation au Seigneur, le malade
se retire : il n'a plus souffert depuis.

Sur sa route, de l'église Saint-André à Cronstadt, au bord de la mer, le Père Ivan rencontre
un enfant qui lui tend la main :

« Petit Père Ivan, je suis pauvre, mon père
est mort il y a trois jours, ma mère va mourir
et je serai seul. »

Le Père Ivan se fait conduire au chevet de
la moribonde. Il prie longuement, et, quand il
a fini, il lui dit de prier aussi. Elle tente un
effort : pas un son ne sort de sa bouche. L'enfant, qui se lamentait, se met, à son tour,
en prières. Puis il se relève : la mère est
guérie.

A Saint-Pétersbourg, dans la Grande-Mors-
kaïa, un général a vu mourir, coup sur coup,
deux de ses filles. Son fils aîné est frappé d'un
mal terrible et qui ne pardonne pas. On appelle
le Père Ivan, et celui-ci accourt. Il prie d'abord,
puis il pose cette double question à celui qui
va mourir :

« Crois-tu ? Veux-tu croire ? »

Comme un souffle, sa voix répond :

« Je crois ! »

Il est guéri.

On cite des milliers d'exemples de même nature. Le Père Ivan ne guérit pas tous ceux qu'il approche et qui sont atteints. Mais beaucoup sont soulagés par sa présence, et beaucoup recouvrent la santé dès qu'il paraît à leur chevet. Sont-ce là des miracles? Y a-t-il simplement coïncidence?

Le Père Ivan est trop modeste, il met trop d'humilité dans tout ce qu'il fait pour qu'on ait à craindre de lui le moindre truisme. Il ne dit pas : « Je guéris. » Il dit : « Je prie. » Il ne dit pas au paralytique : « Marche! » à l'aveugle : « Vois! » au sourd : « Entends! » Il dit à tous : « Priez et vous serez sauvés! » ou bien : « Dieu est avec ceux qui l'aiment, » ou encore : « Repentez-vous! » Explique le phénomène qui voudra. Ce dont je suis sûr, c'est que tout le monde ici, savants, lettrés, nobles, marchands ou moujiks, croit en lui. Vous n'entendrez pas un mot défavorable. Je craindrais pour quiconque oserait un blasphème.

Un malade que le Père Ivan avait guéri, tandis que tous les médecins de Saint-Pétersbourg le déclaraient perdu, raconte que, ayant eu une rechute, il fit vœu d'aller à Cronstadt, en l'église Saint-André, le mercredi de la Passion :

« Une foule compacte s'y trouvait, dans une ombre qu'éclairaient à peine, de-ci de-là, des cierges et des lampes tremblantes. Les assistants se pressaient vers un endroit d'où partaient des sanglots hystériques. Le Père Ivan, debout dans la lumière d'une lampe, faisait sa confession publique. Lorsque je m'approchai de lui, il me reconnut et m'appela par mon nom. Immédiatement, un baume sembla descendre en moi et j'eus peine à refouler les sanglots qui me montaient à la gorge. Mais la confession touchait à sa fin.

« Alors le Père Ivan parla, très simplement, sans coups oratoires, en employant des images à la portée de tous. Lorsqu'il se tut, la foule resta muette.

« Mais dès qu'il eut crié à haute voix : « Repentez-vous ! Repentez-vous ! Repentez- » vous ! » toute l'église éclata en sanglots, chacun des assistants oublia qu'il n'était pas seul et se confessait à haute voix de péchés ou de crimes si terribles qu'on n'oserait se les avouer à soi-même et que la loi humaine punit très sévèrement. »

Il est aisé d'imaginer tout le bien qu'on peut attendre d'un homme qui jouit d'une telle faveur et dispose d'une telle puissance. Archiprêtre de la cathédrale Saint-André, il a construit à Cronstadt la cathédrale elle-même, des établissements de bienfaisance, des écoles. Tous les soirs il distribue personnellement la soupe aux pauvres gens, et nul ne fait vainement appel à lui. On lui envoie beaucoup d'argent pour les pauvres : il en donne bien davantage encore. Le Père Ivan est la providence de la Russie. Il a créé un véritable mouvement social, où dominent l'amour du prochain et le respect de toute souffrance humaine. Et on le vénère à l'égal des plus illustres thaumaturges de l'Église.

... Cependant je ne pouvais retenir plus longtemps le Père Ivan. On m'avait cité ce mot d'Alexandre III quand il reçut sa visite :

« Je ne vous ai pas appelé plus tôt parce que je ne voulais pas vous enlever au peuple. »

Les malades attendaient ses prières. Je me levai. Mais je désirais emporter un souvenir de cette visite qui m'avait ému, sinon bouleversé. Le Père Ivan me remit une grande et belle photographie de lui, avec ces mots en russe :

A Henry Lapauze, en bon souvenir.
L'archiprêtre de la cathédrale de Cronstadt,
Ivan Serguiew.

On lui dit que j'avais sur moi deux portraits qui m'étaient tout particulièrement chers. Il les regarda quelques instants ; puis, avec un élan du cœur vraiment tendre, il les embrassa et les bénit. Cette minute-là fut exquise et ceux qui l'ont vécue n'en perdront pas le souvenir.

Les derniers mots du Père Ivan furent pour la France. Il répéta qu'il l'aimait :

« Je reçois, dit-il, de nombreuses lettres de là-bas, et des images qu'on me demande de bénir. Cela me touche. Dites bien aux vôtres que je les aime et que je prierai toujours Dieu pour eux. »

... Quand je me retrouvai, quelques minutes après, sur le boulevard Pétrowsky, je constatai que la nature était en fête. Le clair soleil de ce printemps moscovite qui commence à peine se

jouait dans les arbres feuillus. C'était une nouvelle jeunesse en ces jardins hier désolés, et où
les bourgeons éclataient tout à l'heure. Le ciel
était d'un bleu immaculé : c'était bien décidément le printemps, — et j'avais plaisir à souligner en mon esprit ce renouveau au sortir de
l'hospitalière et sainte maison du Père Ivan.

CONDITIONS DU TRAVAIL EN RUSSIE (1)

L'industrie russe est de date toute récente : elle est née de l'émancipation des serfs en 1861; mais depuis cette révolution économique elle a marché à pas de géant. Presque toutes les usines et fabriques du pays relevaient, auparavant, de la couronne; l'industrie privée n'existait pour ainsi dire pas. Cette monopolisation n'avait fait perdre de vue au gouvernement aucun de ses

(1) L'étude de cette question si complexe, qui devait faire l'objet d'un Rapport au ministre du commerce, nous a été facilitée par M. Witte. L'éminent ministre des finances de Russie a bien voulu charger un de ses collaborateurs les plus distingués, M. de Kobelatsky, de nous fournir tous les documents et statistiques sur la législation ouvrière.

devoirs, et presque au commencement du
siècle, devançant tous les autres États, il s'était
efforcé de protéger la classe ouvrière contre les
abus, en limitant à douze heures la journée de
travail, en interdisant l'emploi des enfants du
premier-âge et en créant une inspection des
fabriques.

Depuis le formidable essor qu'a pris, grâce à
un régime sagement protecteur, l'industrie privée, le gouvernement russe s'est constamment
appliqué à résoudre la question économique
ouvrière qui se présente partout sous ce double
aspect :

1° Améliorer, autant que possible, le sort des
ouvriers ; protéger par des mesures préventives
leurs droits, leur salaire, leur vie et leur santé ;
les mettre, dans leur vieillesse ou en cas d'in-
firmités, à l'abri du besoin par des institutions
de prévoyance et une législation fixant les res-
ponsabilités en matière d'accidents de travail.

2° Empêcher les conflits entre patrons et
ouvriers en fixant d'une manière complète et
précise les droits et les devoirs de chacun, et en
apportant la solution légale de toutes les difficultés.

Le gouvernement russe a eu le rare mérite de comprendre de suite que ces conflits d'intérêts ne déguisaient guère qu'une lutte de classes, et que son premier devoir était de se faire l'arbitre prévoyant et souverain. Sans contrarier en quoi que ce soit l'essor industriel du pays, il est intervenu résolument dans la lutte, et, mettant dans un intérêt d'ordre public et d'équité sociale toutes les usines sous sa dépendance, il a promulgué une série de lois qui résolvent définitivement, avant même qu'il ait été sérieusement posé, le grand problème économique du travail.

Telle qu'elle est, la législation ouvrière russe mérite d'être examinée de très près. Protectrice des ouvriers, dont elle consacre les droits mais limite les exigences par l'inflexible barrière du droit d'autrui, la moindre idée de persécution n'apparaît nulle part; on n'y trouve que la définition rigoureuse de devoirs nécessaires et imposés dont l'exécution est garantie par les multiples obligations que les patrons ont à remplir, sous peine d'infractions que les inspecteurs ont mission de constater.

L'application de cette loi n'a pas été sans difficultés. Les chefs d'usine et de fabrique, et

même les ouvriers qu'elle protège, n'ont pas vu
sans appréhension cette réglementation étroite
et nouvelle avec son cortège de pénalités. Mais
le tact des inspecteurs, choisis parmi les ingé-
nieurs technologues ayant dirigé pendant cinq
ans au moins un établissement industriel et les
médecins ayant étudié l'hygiène des fabriques,
a eu à peu près raison de ces préventions, et la
réglementation est aujourd'hui universellement
acceptée.

Si la loi est une, le Règlement qui la complète n'est pas obligatoire partout. On n'a
appliqué tout d'abord cette législation qu'aux
trois gouvernements de Saint-Pétersbourg,
Moscou et Wladimir, puis progressivement à
d'autres provinces. Ce délai permettait, en outre
de la raison d'économie, de faire le recrutement
et l'éducation du personnel et de rendre la loi
plus familière au monde industriel. Aujour-
d'hui, le nouveau Règlement est en vigueur
dans dix-huit gouvernements sur les soixante
dont se compose l'Empire : ce sont ceux de Pe-
trokov, Gitomir, Grodno, Kief, Kostromo, Riga,
Nijni-Novgorod, Kamenetz-Podolsk, Riasan,
Twer, Kharkoff, Kherson, Reval et Jaroslaw,

auxquels s'ajoutent les trois que nous avons déjà cités. Ces dix-huit gouvernements représentent plus des trois quarts de la Russie industrielle.

I

LES LOIS OUVRIÈRES

I. — *Le contrat de louage.*

Les serfs étaient à peine affranchis que les lois des 8 octobre et 17 décembre 1862, 1er avril et 27 mai 1863, fixaient imparfaitement les rapports entre les ouvriers et les employeurs; mais ce n'est que sous le règne d'Alexandre III que la question ouvrière fut définitivement résolue par la loi du 3 juin 1886 sur le « louage des ouvriers » et l'important Règlement ouvrier qui lui fait suite.

Cette loi, promulguée le 3/15 juin 1886, a été légèrement modifiée depuis par les lois des 11/23 juin 1891 et 8/20 juin 1893. Elle est, bien entendu, applicable à toutes les provinces de

l'Empire. Elle ne fait que développer les dispositions du Code civil relatives au contrat de
louage des ouvriers, en réglant les relations
réciproques entre ceux-ci et les fabricants. Le
Code civil et le Code d'industrie, complétés par
les lois précitées, ont établi en cette matière
les règles suivantes :

Défense aux chefs d'usines d'engager des ouvriers non pourvus de permis ou de passe-
ports.

Le contrat de louage doit être fait par écrit ou
par la remise d'un livre de comptes indiquant
toutes les conditions de l'engagement, tous les
règlements de comptes entre le fabricant et
l'ouvrier, ainsi que toutes les retenues, pour
chômage ou malfaçon, subies par ce dernier.
Toutes les contraventions particulières qui,
contrairement à la loi, restreindraient ce droit,
sont interdites.

L'engagement des ouvriers se fait sous trois
formes : 1° à terme fixe ; 2° à durée indéterminée, sans que l'engagement puisse toutefois
dépasser cinq ans ; 3° pour le temps d'exécution
quelconque. Dans le cas de louage à date indéterminée, chacune des parties est libre de rom-

pre le contrat, mais seulement après un préavis de quinze jours.

Il interdit, avant l'expiration du contrat et un préavis de quinze jours aux ouvriers engagés pour une durée indéterminée, de réduire le salaire par une modification des bases servant à le calculer, par une diminution du nombre des journées de travail dans la semaine ou du nombre d'heures dans la journée, et de changer les conditions des travaux à la tâche.

Les patrons qui auraient contrevenu aux dispositions précédentes sont punis d'une amende de cent à trois cents roubles, sans préjudice des dommages-intérêts ; les ouvriers, d'un emprisonnement ne pouvant excéder un mois. Cette différence de pénalités est justifiée par une raison d'Etat et d'ordre public. Si le patron est en état de récidive pour la troisième fois, ou si son infraction a eu pour conséquence des troubles graves, il est passible d'un emprisonnement maximum de trois mois, et il peut, en outre, être déchu à perpétuité du droit de gérer une fabrique.

L'énumération des peines encourues par les instigateurs, les auteurs et les complices de grèves ou par ceux qui en ont formé le projet, est intéressante. Ces peines, dont sont seuls exempts ceux qui ont repris le travail à la première sommation de la police, vont de sept jours à trois mois pour le délit de complot et de deux à seize mois en cas de grève effective. Ceux qui, par violence ou par menaces, ont contraint les autres ouvriers d'interrompre le travail, ou qui ont commandé la foule, si leurs actes ne constituent pas un crime plus grave, sont punis d'un emprisonnement de huit à seize mois.

Le contrat de louage prend fin :

1° Par l'accord des parties contractantes ; 2° par l'expiration du terme de l'engagement, et, lorsque l'engagement le stipule, par l'achèvement du travail ; 3° par l'éloignement forcé de l'ouvrier (service militaire, emprisonnement, service public obligatoire, réquisition de l'autorité, refus de passeport) ; 4° par le fait d'un sinistre ou d'un accident, si l'interruption des travaux dure plus de sept jours.

Il peut être rompu, sans recours au tribunal, par le patron :

1° Au cas où l'ouvrier abandonne, sans raisons suffisantes, son travail (absences de plus de trois jours consécutifs et de plus de six jours dans le même mois; absence, même justifiée, de plus de quinze jours de suite);

2° Au cas où l'ouvrier est déféré en justice pour un acte qui entraîne l'emprisonnement;

3° A la suite d'actes d'insolence, d'insubordination ou d'inconduite, susceptibles de compromettre les intérêts de la fabrique ou la sécurité d'un membre quelconque de son personnel;

4° Au cas d'une maladie contagieuse de l'ouvrier.

L'ouvrier congédié a le droit de recourir contre la décision patronale, s'il la juge mal fondée, et le tribunal, s'il y a lieu, lui alloue des dommages-intérêts. Cette action est prescrite au bout d'un mois.

D'autre part, l'ouvrier a le droit de réclamer, mais seulement par voie judiciaire, la rupture du contrat :

1° A la suite de sévices, d'injures graves et, en général, de manières grossières de la part du patron, de sa famille ou de ses délégués;

2° si le patron n'a pas rempli les conditions re-

latives à la nourriture et au logement des ouvriers ; 3º si le travail qu'on lui impose a une
influence pernicieuse sur sa santé ; 4º en cas de
décès ou de l'entrée obligatoire au service militaire d'un membre de sa famille qui lui four-
nissait des moyens d'existence ou qui assurait
l'existence des siens.

II. — *Le salaire des ouvriers.*

Le salaire des ouvriers doit être payé au
moins une fois par mois, si le contrat est passé
pour une durée de plus d'un mois, et deux fois
par mois au moins, si l'engagement est à terme
indéfini.

La paye est effectuée en argent ; les paie-
ments en coupons de rente, jetons ou signes
conventionnels, pain, marchandises et tous
autres objets, sont interdits.

L'ouvrier, impayé à terme, est fondé à réclamer à son patron par la voie judiciaire,
outre la rupture de son contrat et le salaire dû,
une indemnité spéciale qui ne peut dépasser
son gain de deux mois, si le contrat est à

terme fixe, et de quinze jours, s'il est à terme variable.

Les comptes des ouvriers sont portés sur un registre *ad hoc*. Il est interdit d'opérer sur les salaires des retenues pour payer leurs dettes. Les acomptes sur le salaire à venir, de même que les dépenses d'aliments fournis par les fabriques et d'objets de première nécessité pris dans leurs magasins, ne sont pas considérés comme dettes. En cas de saisie-arrêt, à la suite d'un jugement qui le condamne à payer une dette, et pour le remboursement des acomptes avancés, il ne peut être retenu à l'ouvrier qu'un tiers de son salaire, s'il est célibataire, et un quart seulement, s'il est marié ou veuf avec enfants ; le reste est insaisissable.

Il est interdit aux chefs de fabriques de percevoir le moindre intérêt sur les sommes qu'ils prêtent aux ouvriers et d'exiger ou d'accepter une rémunération quelconque pour avoir garanti le paiement de leurs dettes à leurs créanciers.

Il est défendu de faire subir la moindre retenue aux ouvriers, ou d'exiger ou d'accepter d'eux la moindre cotisation :

1° Pour les secours médicaux ; 2° pour l'éclairage des ateliers ; 3° pour les outils nécessaires à la fabrication dont ils se servent à l'atelier.

III. — *Amendes et retenues.*

La loi limite le droit des patrons d'infliger des amendes aux ouvriers aux trois cas suivants :

1° Pour malfaçon ; 2° pour absences-chômages ; 3° pour infractions à l'ordre de la fabrique.

Jadis les retenues imposées dans beaucoup de fabriques pour malfaçons avaient pour but d'indemniser les fabricants des pertes qui étaient le fait de leurs ouvriers. Mais, outre que, dans certains cas, il était impossible que l'amende pût égaler le dommage, le caractère qu'avait cette amende la rendait suspecte et était une cause perpétuelle de discorde et de malentendus ; aussi lors de la délibération du projet de loi devant le Conseil d'État, les représentants de l'industrie la condamnèrent sous cette forme à l'unanimité.

L'amende, telle qu'elle subsiste, n'est donc plus autre chose qu'une simple punition pour un fait de négligence ou de mauvais vouloir. Le patron ne peut, en aucun cas, en disposer à son profit ; elle va grossir le « fonds des amendes ». Ce capital ne peut être employé qu'au profit des ouvriers, avec l'approbation de l'inspecteur et conformément au règlement ministériel.

Quant à la réparation du dommage par la faute ou la négligence de l'ouvrier, elle est de droit commun. Si le patron ne peut plus se faire justice lui-même, il peut être indemnisé et n'a qu'à s'adresser aux tribunaux. Si l'ouvrier, après sa condamnation, demeure insolvable, il est tenu de servir jusqu'à ce que son salaire ait réparé le dommage. Mais il est interdit d'insérer dans les livres ou dans les contrats des clauses en vertu desquelles les ouvriers acceptent par avance de subir certaines retenues à titre de dommages-intérêts. Des stipulations de ce genre sont, en effet, la négation même du droit de recours devant le tribunal.

II

RÈGLEMENT OUVRIER

I. — *Règles fixant les rapports mutuels entre les patrons et les ouvriers.*

Ce règlement, basé sur l'article 128 du Code d'industrie qui rend les propriétaires responsables du bon ordre dans les fabriques, n'est que le développement circonstancié des règles générales précitées. Il n'a force de loi que dans les dix-huit gouvernements industriels que nous avons nommés ; le contrôle de son exécution est assuré par les inspecteurs de fabriques qui relèvent du gouvernement.

Les inspecteurs ont le droit d'entrée libre dans tous les établissements soumis à la loi, et le propriétaire ou ses délégués lui doivent leur concours le plus absolu. Si le propriétaire ne gère pas lui-même, il doit toujours être représenté par un directeur devant l'inspection ou le tribunal, mais il n'en est pas moins civilement responsable.

Dans les dix-huit gouvernements placés sous

le régime de ce Règlement particulier, le livret individuel est obligatoire : il sert à vérifier si les patrons remplissent leurs devoirs envers leur personnel. Il est délivré à l'ouvrier gratuitement, dans le délai d'une semaine à partir de son embauchage, et demeure toujours entre ses mains. Ce livret, d'un modèle approuvé par la commission gouvernementale pour les affaires de fabriques et conforme aux usages locaux, ne peut être retenu plus d'une semaine pour être mis à jour. La direction y inscrit :

1º Le nom ou le surnom et les prénoms de l'ouvrier ; 2º le chiffre de son salaire, avec les bases de son évaluation et les époques de payement ; 3º les prix du logement, de la nourriture, du bain, etc., lorsque ces frais d'entretien sont à la charge des fabriques ; 4º les conditions particulières, non contraires à la loi, qu'il plaît aux parties de stipuler ; 5º le montant des payes effectuées et des amandes infligées, avec les motifs de ces amendes ; 6º le texte de la loi et le règlement d'ordre intérieur particulier à la fabrique.

Ce règlement intérieur doit être approuvé par les inspecteurs et contenir : 1º l'indication exacte, pour les mineurs et pour les adultes, des heures de travail et des heures de repos ; 2° les heures de la cessation du travail, la veille des dimanches et fêtes, et les tableau des jours fériés ; 3° l'ordre et la durée des absences et les heures auxquelles il est permis aux ouvriers ayant leurs logements dans les fabriques de s'en absenter ; 4° les conditions de jouissance des logements, cantines, bains, etc., dépendant de l'exploitation ; 5° les heures fixées pour le nettoyage des ateliers et des machines, lorsque les ouvriers, aux termes de leur engagement, y sont obligés ; 6° la nomenclature des devoirs du personnel ouvrier pour le maintien de l'ordre et de la décence dans les fabriques ; 7° les prescriptions concernant la sécurité (incendie, machines, etc.).

Les sociétés de consommation sont libres de vendre dans l'intérieur des fabriques, avec l'assentiment des propriétaires, des denrées de bonne qualité dont la nomenclature et la taxe doivent être approuvées par l'inspecteur et affichées. Ce dernier maintient également dans les limites d'une taxe semblablement approuvée les tarifs des cantines, salles de thé, bains et logements. D'autres magasins ne peuvent être ouverts dans l'intérieur des usines qu'après son approbation et en cas d'urgente nécessité.

Les infractions aux précédentes prescriptions sont punies d'amendes de vingt-cinq à cinq cents roubles.

Le *chômage* et l'*infraction à l'ordre* (1), qui représentent avec la *malfaçon* les trois seuls cas dans lesquels les directeurs ont le droit d'infliger aux ouvriers des amendes, sont rigoureusement définis par le Code d'industrie :

Le *chômage* est l'absence, sauf le cas de force majeure, pendant au moins une demi-journée. Il ne doit donc pas être assimilé à l'absence sans permission ou au retard. Le taux de l'amende pour chômage est proportionné au salaire et au nombre des jours chômés. Le maximum des amendes, indépendantes de la retenue de salaire, qui est de droit pour les jours chômés, ne peut dépasser le gain de six journées, et dans tous les cas, pour toutes les amendes réunies, il ne peut être retenu plus d'un tiers de la somme due à l'ouvrier. Pour les

(1) Voir pages 62 et suiv. (amendes et retenues).

ouvriers aux pièces, le maximum de l'amende est de un rouble par jour et de trois roubles en tout.

L'*infraction à l'ordre* comprend : 1° le retard au travail et l'absence sans permission ; 2° l'inobservation des règles ayant pour but de prévenir le danger d'incendie (cette infraction donne également au directeur le droit de rompre le contrat, ainsi que nous l'avons déjà dit); 3° la négligence des soins de propreté pour la bonne tenue des locaux ; 4° le tapage, les cris, les jurons, les disputes, etc. ; 5° l'insubordination ; 6° l'état d'ivresse pendant le travail ; 7° les jeux d'argent ; 8° la désobéissance au règlement d'ordre intérieur. Chacune de ces infractions est punissable d'une amende dont le maximum ne peut dépasser un rouble.

Lorsque le chiffre des amendes atteint le maximum, le directeur est libre de rompre le contrat de louage, mais l'ouvrier congédié a le droit de recourir au tribunal qui, si sa plainte est reconnue fondée, lui alloue des dommages-intérêts.

Toutes les amendes sont inscrites séparément, avec motifs à l'appui, sur un tableau spécial, et affichées. Elles doivent être inscrites de la même façon sur les livres et, dans les trois jours, sur un registre soumis au contrôle de l'inspection.

Le « fonds d'amendes », géré par l'administration de la fabrique qui en tient une comptabilité spéciale, sous la surveillance de l'inspecteur, est exclusivement affecté aux besoins des ouvriers. Des secours peuvent être accordés sur ce fonds, après autorisation de l'inspecteur, aux ouvriers et ouvrières victimes d'accidents ou de malheurs.

Au delà de cent roubles, le fonds d'amendes doit être versé, au moins deux fois par an, à la caisse d'épargne, d'où il ne peut être retiré que par un ordre portant la double signature du directeur et de l'inspecteur. Après fermeture d'un établissement, ce capital doit être remis à la commission gouvernementale qui le convertit en valeurs, déposées à la Banque d'Etat, pour en constituer un « fonds général », au profit des ouvriers de toute la province.

II. — *La surveillance des fabriques.*

La surveillance des fabriques est confiée à

des commissions gouvernementales et à des inspecteurs ayant sous leurs ordres la police.

Les commissions gouvernementales pour les affaires de fabriques sont composées du gouverneur (président), du procureur près le tribunal du district ou de son adjoint, du chef de la gendarmerie, de l'inspecteur en chef ou de son remplaçant, de deux membres du Conseil du commerce et des manufactures ou, à leur défaut, de deux directeurs de fabriques élus par leurs collègues et agréés par le gouverneur et par le ministre. L'inspecteur médical du gouvernement, l'ingénieur ou l'architecte et tous autres personnages compétents, peuvent être convoqués aux séances de la commission avec voix délibérative.

Il existe, en outre, des commissions urbaines à Saint-Pétersbourg, à Moscou et à Varsovie.

Les commissions gouvernementales sont investies de l'autorité judiciaire ; elles ont le pouvoir réglementaire strictement défini d'édicter des prescriptions en vue de sauvegarder la vie, la santé et la morale des ouvriers pendant leur travail dans les ateliers et leur séjour dans les logements de la fabrique, et de leur assurer les

secours médicaux ; de promulguer des règles
complémentaires concernant les rapports mutuels entre l'administration des fabriques et
certaines catégories d'ouvriers; d'examiner les
plaintes contre les décisions des inspecteurs et
de les rapporter, s'il y a lieu ; de résoudre toutes les questions que l'application de la loi par
les inspecteurs peut soulever. Elles statuent sur
les infractions commises par les directeurs de
fabriques dans les cas prévus par la loi.

Cette question de juridiction est très importante. Les commissions ne connaissent que des
contraventions énumérées dans l'article 52 du
Code d'industrie, qui peuvent être considérées
comme des infractions formelles à la loi et
n'exigent point la définition du degré de culpabilité. Quant à celles qui réclament, non plus
une simple constatation, mais un examen des
circonstances dans lesquelles elles se sont pro-
duites, une enquête sur les motifs qui les aggra-
vent ou les excusent, elles relèvent exclusivement du tribunal : telles, la réduction du salaire sans préavis dans le délai légal, le
payement du salaire en marchandises, etc.

Les jugements des commissions sont sans

appel jusqu'à cent roubles. Les recours, purement administratifs, sont soumis aux ministres des finances et de l'intérieur dans le délai d'un mois ; on peut appeler de la décision ministérielle devant le Sénat. Cette voie est bien moins coûteuse et beaucoup plus rapide que l'épuisement de toutes les juridictions judiciaires.

III. — *L'inspection du travail.*

Au début de 1894, l'inspection des fabriques était représentée par trente-cinq inspecteurs ou adjoints, chargés de la surveillance de dix circonscriptions, composées chacune de plusieurs gouvernements, et dont une seule, celle de Saint-Pétersbourg, était plus vaste que la France et l'Allemagne réunies.

Aujourd'hui la division de l'Empire en circonscriptions est supprimée, ou plutôt chaque gouvernement forme une circonscription à part, et le corps des inspecteurs, chargés d'appliquer la loi dans les dix-huit gouvernements industriels soumis au Règlement ouvrier, comprend dix-huit inspecteurs de première classe et cent vingt-cinq inspecteurs de deuxième classe, qui sont sous les ordres des premiers. Le corps d'inspection est placé sous la direction immédiate du département du commerce et des manufactures, dans lequel il a été créé une section spéciale des questions ouvrières. Trois reviseurs sont, en outre, à la disposition du directeur de ce département pour les missions particulières.

Nous avons dit plus haut avec quel soin ces inspecteurs étaient recrutés. Leur tâche, définie par l'instruction ministérielle, n'est pas uniquement de constater et de sévir : elle est beaucoup plus haute. Ils doivent tout d'abord posséder une autorité morale qu'ils ne peuvent tenir que de l'estime publique et d'une compétence technique indiscutée. Etant revêtus de ce prestige auquel s'ajoute celui de leur fonction, ils doivent avoir également à cœur les intérêts des ouvriers et des patrons, être à la disposition constante des uns et des autres, dissiper les malentendus, éclairer les fabricants sur le sens et la portée de la loi, les aider, au besoin, de leurs conseils, et même, lorsqu'il s'agit d'une première application de la loi ou de l'entrée en fonctions d'un nouveau gérant, prévenir au lieu de sévir et ne frapper les délinquants qu'en cas de mauvais vouloir manifeste ou de récidive. Nous n'indiquons que les traits saillants de cette réglementation minutieuse qui, après avoir vu de haut, descend aux plus humbles détails, ayant tout prévu. Les principales obligations professionnelles des inspecteurs consistent :

1° A exercer la plus étroite surveillance en vue d'assurer l'exécution de la loi sur le travail des mineurs, des femmes et des jeunes gens dans les manufactures;

2° A veiller à ce que l'instruction primaire des mineurs soit assurée par la fondation d'écoles spéciales, à défaut d'écoles publiques;

3° A faire dresser, avec le concours de la police, les procès-verbaux pour infractions et à déférer les contrevenants aux tribunaux;

4° A examiner périodiquement, dans les délais légaux, les chaudières à vapeur et à surveiller étroitement l'observation des prescriptions qui les concernent;

5° A rassembler et à fournir les documents de la statistique industrielle et ouvrière intéressant leur ressort;

6º A vérifier l'exacte perception de l'impôt
ur les chaudières;

7º A renseigner l'administration, par des rap-
orts à dates fixes et dans la forme prescrite,
ur l'application des lois ouvrières;

8º A veiller à ce que l'ordre le plus parfait
ègne dans les usines;

9º A veiller à la stricte observation de la loi
églant les rapports mutuels entre les patrons
et les ouvriers;

10º A veiller à ce que les règlements émanant des Commissions gouvernementales soient
obéis.

11º A examiner et approuver, s'il y a lieu, les
axes, tableaux de répartition de la journée de
travail et le règlement intérieur émanant de la
fabrique;

12º A prendre les mesures nécessaires pour
prévenir tout malentendu et tout conflit; et si
le désaccord n'a pu être évité, faire l'enquête
sur les lieux mêmes, tout en tâchant de récon-
cilier les deux parties.

Des instructions très précises en cas de grève
leur sont données.

Les inspecteurs ne peuvent être intéressés

dans aucune entreprise industrielle ou commerciale; il leur est défendu de révéler les procédés de fabrication dont ils ont surpris le
secret en raison de leurs fonctions.

Ils ont le droit : 1° de pénétrer, à toute heure
de jour et de nuit, dans les ateliers et leurs dé-
pendances, hôpitaux, asiles, crèches, écoles,
réfectoires, logements, bains, magasins, etc., à
l'exception des locaux occupés par le personnel
dirigeant; 2° d'exiger des directeurs et de leurs
commis toutes les explications verbales ou
écrites, ainsi que la production de tous les
livres, documents et renseignements nécessaires pour l'accomplissement de leur mission ;
3° d'interroger les employés et ouvriers;
4° d'exiger que la police leur vienne en aide et
les mette au courant de toutes les irrégularités
et de tous les incidents parvenus à sa connais-
sance.

Des dispositions spéciales protègent, d'autre
part, les chefs de fabriques contre les abus de
pouvoir et les excès de zèle des inspecteurs.

La direction doit les informer d'une façon
précise de toutes les modifications du genre et
du mode d'exploitation, des changements de di-

recteur, de l'agrandissement ou de la fermeture, même temporaire (au-dessus de trois mois), des usines, et dans les vingt-quatre heures, de tout accident grave dont un ou plusieurs ouvriers auraient été victimes.

III

COMPLÉMENT DE LA LÉGISLATION OUVRIÈRE

La durée du travail.

Pour les enfants. — Le travail est absolument interdit aux enfants n'ayant pas atteint douze ans révolus.

Pour les enfants de douze à quinze ans, la durée du travail ne peut excéder huit heures par jour, et ce travail ne peut durer plus de quatre heures consécutives.

Cette règle comporte, toutefois, deux exceptions : dans le travail de dix-huit heures à deux équipes, la journée de neuf heures est admise pour les enfants de douze à quinze ans, pourvu qu'elle soit coupée au milieu par un repos. Dans certaines industries spéciales leur emploi pendant six heures consécutives est autorisé, à la condition que ces six heures représentent toute la somme de travail exigée d'eux dans la journée.

Le travail de nuit (de neuf heures du soir à cinq heures du matin) leur est interdit, et ils doivent chômer les jours fériés, qui sont fort nombreux. Mais ces deux règles comportent encore trois dérogations, dont l'une, relative au travail de nuit, a pour but d'encourager le travail de dix-huit heures à deux équipes; la seconde a trait aux usines à feu continu, notamment les verreries, et la troisième permet aux commissions d'autoriser, dans certains cas, le travail des dimanches et fêtes pour les enfants.

La loi contient également une nomenclature des travaux dangereux et malsains qui leur sont interdits; des prescriptions pour que leur fréquentation de l'école soit assurée. Enfin une instruction ministérielle oblige les chefs d'usine à aviser les inspecteurs de tout ce qui concerne le travail infantile, à inscrire sur un registre, annoté par l'inspecteur, les indications les plus minutieuses, et à afficher les prescriptions qui y sont relatives.

Pour les femmes et les jeunes gens. — Le travail de nuit est interdit aux femmes adultes et aux jeunes gens de quinze à dix-sept ans dans l'industrie textile. Cette prohibition peut être étendue, par décision ministérielle, à d'autres industries, après un avis antérieur à l'époque de louage.

Des exceptions sont faites en faveur de dix-huit heures à deux équipes, dans quelques cas urgents, par permission des commissions ou du gouverneur, et toujours avec leur autorisation, pour permettre aux femmes et aux jeunes gens de travailler avec le chef de la famille.

Pour les adultes. — La loi n'a pas encore limité pour les adultes la durée de la journée de travail.

Les établissements qui pratiquent le travail ininterrompu de vingt-quatre heures à deux équipes représentent un cinquième de l'industrie russe; ils se trouvent principalement dans les gouvernements de Moscou et de Wladimir; mais le travail de nuit est universellement condamné et sa suppression n'est plus qu'une question de jours.

La durée du travail de jour, qui est la forme

de travail la plus usitée, est extrêmement variée : dans 20 0/0 des établissements, les
ouvriers travaillent de douze à quinze heures;
dans 36,8 0/0, exactement douze heures; dans
20,8 0/0, onze heures; dans 18,1 0/0, dix heures;
dans 4,3 0/0, neuf, huit, sept et même six heures.
Mais la journée de dix-huit heures à deux
équipes, encouragée par le gouvernement, est
l'objet d'une faveur de plus en plus marquée.

Le repos dominical n'est obligatoire (sauf les
cas urgents) que pour les ouvriers de l'État; la
fixation du nombre des jours fériés dépend donc
uniquement de l'accord des patrons et des
ouvriers.

A YASNAIA POLIANA

UNE SOIRÉE CHEZ LE COMTE TOLSTOÏ

Toula, 22 mai/3 juin.

De Moscou à Toula, la distance est de cent quatre-vingts verstes. Nous mettons six heures à la franchir.

La voix ferrée traverse des plaines à l'infini, où pousse une végétation luxuriante. A droite et à gauche, des bois de bouleaux et de sapins, et dans les champs au labour, des paysans vêtus de rouge, uniformément. Cette note ne nous quittera plus. Femmes et enfants, moujiks à la barbe broussailleuse, couchés dans l'herbe des sillons ou debout à la besogne, tout ce monde vaillant et sage est resté fidèle à la couleur nationale. Sous le ciel éclatant de mai, par les steppes immenses que dore un soleil de feu, il n'est rien qui produise une impression plus singulière et à la fois plus vivante.

Sur les talus poussent follement des myosotis. C'est comme une nappe bleue qui court le long de la voie ferrée, et qui nous étonne et nous réjouit. Aux stations, des enfants nu-pieds et à peine vêtus nous offrent des bouquets de fleurs et du lait. Leurs grands yeux bleus, dont la mélancolie du regard frappe tout de suite, ont un charme inexprimable. Nous leur jetons quelques copecks, et si le train reprend sa marche, ils lancent leurs bouquets vers nous avec une loyauté d'âme ravissante. Ils ne reçoivent pas une aumône : ils nous vendent leurs fleurs. Leur geste est inconscient et si naturel que nous ne pouvons nous empêcher de le souligner. Il faudrait peu de chose pour donner à ce jeune peuple pleine conscience de lui-même.

Des vols de corneilles se lèvent à une portée de fusil et s'abattent à proximité des pauvres isbas.

Nous sommes à Toula, célèbre pour sa manufacture d'armes et ses fabriques de couteaux. Toula est une ville d'aspect moderne, essentiellement industrielle, mais sans faubourgs malsains et noirâtres. Je garderai le souvenir d'un pavé plus défectueux encore que celui de Pétersbourg et de Moscou, et d'une poussière fine et blanche qui vous aveugle. Dans la grande rue de Toula, on ne rencontre âme qui vive. Tout le monde est dans les usines. C'est une ville de gros, et qui fournit toutes les boutiques à treize de l'Empire. Les accordéons de Toula sont fameux, et aussi les samovars. Les vrais samovars sont les samovars de Toula. Ce qui fait dire aux Russes :

« On ne va pas à Toula avec son samovar. »

Les Pétersbourgeois et les Moscovites ajoutent avec un clignement d'yeux significatif :

« Pas plus qu'on ne va à Paris avec sa femme. »

A l'hôtel on nous demande si nous prendrons avec le thé la spécialité de bouche de Toula : « Frantsousky Tsokerbrot ». C'est une pâtisserie française grossière dont se délectent les voyageurs. Mais nous avons hâte de gagner Yasnaïa Poliana, et nous préférons à tout un *drojki*.

J'ai vu bien des choses curieuses en Russie,
à commencer par la façon dont les portiers et
les moindres serviteurs demandent le pourboire, mais je n'ai rien vu qui sollicitât l'attention comme la voiture qui doit nous conduire
chez Tolstoï. Je ne parle pas du cheval étique,
boiteux et bossu. La pauvre bête ne mange pas
tous les jours à sa faim, non plus que l'*izvostchik* son maître. Mais quel *drojki!* Les brancards
sont liés par des cordes en plusieurs endroits.
Le siège de l'*izvostchik* est ruiné; nous avons
toutes les peines du monde à tenir deux dans la
voiture, et si nous remuons, les essieux cra-
quent... C'est dans cet attelage qu'il nous faudra
faire les quinze verstes qui séparent Toula de
Yasnaïa Poliana.

La route zigzague à travers de grands bois que
divisent les larges prairies. Dans le lointain,
des marais donnent l'impression de lacs minus-
cules où se reflète le ciel le plus pur. Des jeunes
filles passent, les cheveux pris dans un mouchoir
rouge, et nous saluent. Et, dans les champs, toujours la même note vibrante qui coupe la mono-
tonie verdoyante des prairies où fleurit le genêt,
des bois de bouleaux et des forêts de sapins.

Notre *izvostchik* n'est point prolixe. Cependant nous tirons de lui de menues confidences. Il connaît le village de Yasnaïa Poliana, et son sentiment sur Tolstoï est qu'il n'y a pas « dans le gouvernement de Toula d'homme plus simple ni meilleur. »

Il n'est pas d'excursion où nous n'ayons constaté les distances considérables qu'il nous faut parcourir pour trouver une cabane isolée. Il n'y a en Russie que des agglomérations. Chacun vit avec tous. Ici encore, sur cette route poussiéreuse qui n'en finit plus, pas une maison ne se dresse seule au milieu des prairies ou sur la lisière des bois. C'est à peine, d'ailleurs, si de Toula à Yasnaïa Poliana nous laissons à droite et à gauche quatre ou cinq villages d'une dizaine de feux. A trois verstes de Yasnaïa Poliana, une usine est en construction. Avant peu on extraira ici le minerai de fer, et comme l'endroit est propice à l'industrie métallurgique, dans dix ans cette vallée, qui rappelle à la fois les fins paysages d'Écosse et ceux plus chauds de ton du pays latin, sera envahie par les usines.

Il est cinq heures. Le soleil, moins ardent, descend à l'horizon. L'heure est calme et le

moment délicieux. Nous traversons un bois
baigné de lumière, et où chantent en alternant
plusieurs nichées de rossignols. Nous prenons
à droite un mauvais chemin, et nous devons
descendre de *drojki* pour passer un vieux pont
de bois qui menace ruine. Enfin nous voici
devant la demeure du comte Léon Tolstoï.

Deux vieilles tours indiquent l'entrée du parc.
Une large porte dut les relier autrefois. Mais à
quoi servirait-elle aujourd'hui ? Tout le monde
est chez soi partout, professe Tolstoï, et la
maison de Tolstoï est à tous. On pénètre tout
de go. Dans un lac poissonneux, des arbres sé-
culaires tordent leurs vieux troncs. L'herbe
pousse comme il lui plaît, et dans des massifs
de lilas blanc les rossignols nous saluent au
passage.

Encore quelques tours de *drojki*, et sur le
seuil de la modeste maison de Yasnaïa Poliana,
— une *borde* méridionale sans rien de caractéristique qu'une vérandah à jour où des figures
naïves ont été découpées par Tolstoï, — nous
sommes admis à présenter nos hommages à la
comtesse.

« Soyez les bienvenus, nous dit-elle. Le

comte n'est pas loin d'ici, nous l'attendrons en prenant du thé. »

Sous la vérandah fume le samovar. La comtesse nous offre des gâteaux et des confitures. Tout de suite elle nous parle de la catastrophe de Khodynsky-Polé, où tant de moujicks ont trouvé la mort...

Mlle Tatiane Tolstoï survient, une bêche à la main. C'est une jeune fille de vingt ans. Elle parle le français sans accent. Elle parle d'ailleurs toutes les langues. Mlle Tatiane Tolstoï sert de secrétaire à son père. Elle fait de la peinture et se livre aux travaux des champs.

Mlle Tatiane nous demande si nous avons visité un village russe. Sur notre réponse négative, elle nous offre de nous servir de guide à Yasnaïa Poliana. Le village est tout près d'ici. Il se compose d'une centaine de maisons et de cabanes, quelques-unes en briques rouges, la majeure partie en bois et recouvertes de chaume. Des enfants courent pieds nus dans l'unique rue du village. Chaque *isba* a sa demi-douzaine d'enfants. Ils sont charmants avec leurs boucles blondes, leurs yeux bleus, profonds et calmes, et leur sourire qui ignore la vie.

Nous entrons chez deux ou trois « commères ». Mlle Tolstoï, suivant la coutume, les embrasse au coin des lèvres. Elle nous dit que ce village et quelques autres appartenaient à sa famille avant l'émancipation des serfs.

« Cela doit vous effrayer, vous, Français, qu'une âme humaine ait pu être la propriété d'une autre âme humaine? Il vivait encore ici l'an passé une vieille paysanne de quatre-vingt-dix ans, qui avait *appartenu* à mon grand-père. Elle racontait avec orgueil que celui-ci avait refusé de la céder à un ami contre une paire de chiens. — « Et les chiens, ajoutait-elle en se » rengorgeant, étaient superbes ! »

Nous sommes frappés de la pauvreté des *isbas :* point d'autre lit qu'une solide et large planche sur laquelle repose la maisonnée, et pas d'autre meuble. L'*isba* a quelques pieds de long et quelques pieds de large. En hiver les moutons et les chèvres y couchent avec leurs maîtres...

Mais dans le ciel pourpre et or le soleil descend. Nous jetons un coup d'œil dans la maison où une autre fille de Tolstoï, Mlle Marianne, qui s'est faite le médecin bénévole de Yasnaïa, donne ses soins aux malades, et nous rentrons.

La photographie et la gravure ont popularisé les traits du comte Léon Tolstoï, de « monsieur le comte », comme on dit à Yasnaïa Poliana. L'homme que voici est bien celui que nous connaissons par l'image : c'est Moïse, le Moïse de Michel-Ange à la barbe de fleuve. Ses yeux sont petits : toute la vie semble s'être concentrée en eux. Ces yeux-là parlent plus que Tolstoï lui-même. Ils réfléchissent ses pensées et, plus d'une fois au cours de la soirée, c'est à eux que nous demandons ce que Tolstoï ressent au plus intime.

Nous le demanderons aussi à ses narines puissantes, qui s'agitent furieusement quand Tolstoï s'anime, et qui, même au repos, *parlent* presque autant que ses yeux.

Nous faisons les cent pas dans le parc, en attendant l'heure du souper.

« J'ai souffert de l'influenza l'année dernière, nous dit-il, et depuis je ne me suis pas complètement remis. Ça ne va vraiment pas bien... Le dentiste de ma femme m'a défendu la bicyclette, disant que ce sport n'était pas bon pour moi. J'ai dit à ma femme qu'il mentait comme un arracheur de dents, et cela l'a fait rire. Mais je ne vais plus à bicyclette. »

Tandis que nous visitions le village de Yasnaïa Poliana, Léon Tolstoï était à l'usine en construction que nous avons rencontrée sur la route.

« Quel dommage, disons-nous, qu'on abîme un si joli décor !

— C'est l'avis de la comtesse, et il n'est pas bon. Il ne faut rien regretter, au contraire. Dans cette usine travailleront plusieurs centaines d'ouvriers. Ces hommes, réunis toute la journée par la même besogne, prendront conscience d'eux-mêmes. Ils feront ensemble leur éducation de la vie, et c'est tant mieux. Par les résultats industriels acquis, ils se rendront compte de leur propre force; qui pourrait s'en plaindre? Il est nécessaire que le moujik soit mis en contact permanent avec la vie plus active des usines, et plus nombreuses seront celles-ci, plus on devra s'en féliciter. »

Il est neuf heures. On nous invite à passer à table. La salle à manger est au premier étage. On vit à Yasnaïa Poliana la vie de famille. Le comte Léon Tolstoï a huit enfants : trois filles, dont la plus jeune doit avoir dix ans, et cinq fils. Tous ne sont pas là, mais leurs places sont occupées par des amis.

Tolstoï avise sur un guéridon un périodique français.

« Je ne serais pas fâché, nous dit-il, de savoir de vous ce que signifie ceci. »

Et il lit à haute voix :

« Il y a ceux dont la clameur jeta l'idée sur » le déploiement des villes grises et bleuâtres, » par-dessus les dômes des académies, les co- » lonnes de victoire, les jardins d'amour, les » halles en fer du commerce, les astres élec- » triques éclairant les essors des express ou » les remous nerveux des foules, jusque les » océans de sillons fructueux, jusque les gestes » du semeur et l'effort solitaire du labour, jus- » qu'aux lentes pensées du rustre fumant » contre l'âtre, jusqu'à l'espoir du marin pen- » ché au bastingage pour suivre la palpitation » lumineuse de la mer (1). »

« Je vous en prie, expliquez-moi cette phrase. »

(1) La *Revue Blanche : les Énergies,* par Paul Adam (15 mai 1898).

12

Je n'ai pas le contexte sous les yeux : j'y dois renoncer. Personne ne la comprend et nous avons beau essayer l'analyse logique, nous ne parvenons pas à éclairer notre lanterne.

« Alors, reprend Tolstoï, c'est de cette façon qu'écrivent vos jeunes hommes de lettres? Ils ne trouvent donc pas que votre langue, si belle, si noble et si pure, soit suffisante ? Il faut absolument qu'ils la torturent et qu'ils nous torturent nous-mêmes ? C'est d'autant plus dommage que celui qui a écrit ceci a certainement du talent : j'avais renoncé à le lire jusqu'au bout, rebuté par la première phrase, et quand je l'ai repris, j'en ai été fort aise. Seulement, il y a toujours cette phrase que je ne comprends pas : « Il y a ceux dont la clameur... »

Tolstoï est visiblement poursuivi par la phrase de M. Paul Adam. Vingt fois, au cours de la soirée, elle remonte à ses lèvres :

« Non, est-il possible qu'on puisse écrire un pareil charabia : « Il y a ceux... » quand il est si facile d'être clair avec la langue la plus pure qui soit au monde : « Il y a ceux... » Non, jamais, entendez-vous, jamais on ne me fera accepter cette phrase-là pour du français. Qu'est-ce que c'est que l'auteur de *ça?* »

Nous donnons des détails sur M. Paul Adam, dont il nous plaît de louer la jeunesse laborieuse et intelligente...

« Oui, oui, dit Tolstoï, je me souviens. Seulement, voilà : « Il y a ceux... »

Quelqu'un passe à Tolstoï une Revue russe.

« Tenez, me dit-il, rendez-moi le service de me lire tout haut le sonnet que voici. J'aimerais bien savoir ce que l'auteur a voulu dire. »

Je lis les vers suivants, en français dans le texte :

> M'introduire dans ton histoire
> C'est en héros effarouché
> S'il a du talon nu touché
> Quelque gazon de territoire
>
> A des glaciers attentatoire
> Je ne sais le naïf péché
> Que tu n'auras pas empêché
> De rire très haut sa victoire
>
> Dis si je ne suis pas joyeux
> Tonnerre et rubis aux moyeux
> De voir en l'air que ce feu troue

Avec des royaumes épars
Comme mourir pourpre la roue
Du seul vespéral de mes chars

« C'est, dis-je, une des poésies les plus célèbres de M. Stéphane Mallarmé.

— Soit, réplique Tolstoï, et pour ma part je
n'y vois pas d'inconvénients. Mais en saisissez-
vous au moins le sens ? Non pas. Et pas de titre.
Pas un point, pas une virgule. Pas même de
point final. C'est horrible. Ah ! la littérature
française peut se flatter d'avoir pour l'instant
un jolie lot de *nébuleuses*. »

Je n'ai pas à relever les propos de table de
Léon Tolstoï. Cependant, mon hôte ayant bien
voulu répondre aux quelques questions que
j'avais eu l'honneur de lui poser, il n'est pas
mauvais que nos écrivains en fassent leur
profit. Je ne rapporterai, d'ailleurs, que ce qui
m'aura été dit à moi-même. Avouerai-je que
j'atténuerai ?

On a vu déjà que Tolstoï mettait une certaine
sévérité à juger ceux qu'il appelle des « déca-
dents ». Le mot a vieilli en France. Il est tou-

jours jeune en Russie et, pour un homme
comme Tolstoï, il dit bien ce qu'il veut dire.
Je ne le crois pas davantage favorable à la
littérature scandinave. Nous parlions des auteurs étrangers qu'on lit en France et qu'on
applaudit, et je constatais que si c'était toujours
la littérature russe qui faisait le fond de nos
lectures exotiques, Ibsen et quelques autres
sollicitaient très vivement notre attention.

« Ce n'est pas flatteur pour nous, » dit Tolstoï.

Et il dit cela avec un air de mépris qui, dans
le vide, toise Ibsen de pied en cap.

Les nôtres, les aime t-il du moins?

« Oui... J'ai une admiration profonde pour
votre grand poète Victor Hugo. Je ne connais-
sais pas Alexandre Dumas fils, mais je le lisais
et je le lis toujours avec un plaisir infini. Parcourir un livre de Dumas, c'est pour moi un
délice. Et — poursuit Tolstoï avec une émotion
vraie — quand Alexandre Dumas fils est mort,
ç'a a été pour moi comme un ami que je per-
dais...

« Vous aviez un autre grand, très grand écrivain : il est mort. C'était Maupassant. Celui-
là, voyez-vous, était très au-dessus de tous les

autres. Il avait plus qu'eux tous le don de voir et de dire. C'était un observateur comme vous n'en avez plus, et sa forme avait la pureté du métal précieux. Ah ! comme il était plus grand que tous, plus grand que...

— Plus grand que Flaubert ?

— Mais certainement.

— Et que Zola?

— Oh ! je crois bien, plus grand que tous. Zola ? J'ai beaucoup aimé *Germinal*, qui est une belle vision. Même j'ai compris qu'il écrivît *la Terre*. Le paysan, c'est en somme les trois quarts de l'humanité, et par là il vaut qu'on l'étudie. Mais *la Bête humaine ?* Mais nous décrire les chemins de fer! L'écrivain n'a pas le droit de borner ainsi volontairement sa vision, de limiter son champ d'observation, de se restreindre à la portion congrue. Non, il n'en a pas le droit, et s'il passe outre, il fait œuvre vaine. Au reste, je n'ai pas pu lire jusqu'au bout les autres livres de Zola. Je me suis arrêté à la centième page de *Lourdes* et j'ai renoncé à lire *Rome*. Il me semble que sa vogue diminue... C'est un écrivain diligent et patient, voilà tout. »

La sévérité qu'il met à juger M. Émile Zola, le comte Léon Tolstoï la met à juger toute la littérature française, à très peu de chose près. Il apprécie M. Alphonse Daudet, « qui a du talent » ; il tient en haute estime les *Essais de psychologie* et les *Nouveaux Essais* de M. Paul Bourget, et les portraits de Taine et de Dumas fils, notamment, l'ont frappé. « Bourget est plein d'esprit, » ajoute-t-il. Cela veut dire que M. Bourget a la tête pleine de faits. *Sur le retour*, de M. Paul Margueritte, est un des livres qu'il a le mieux aimés ces dernières années. « Il a l'adjectif juste. » Il tient *Nell Horn* et le *Bilatéral*, celui-ci surtout, pour deux œuvres fort belles. » Quel dommage, dit-il, que M. Rosny soit aussi *tarabiscoté!* A quoi cela lui sert-il? Vraiment, ces jeunes gens, si pleins de talent, sont tous fous. Qu'ils écrivent donc votre langue comme elle doit l'être, simplement, nettement. »

M. Jean Aicard lui envoie ses livres. Il les lit. Il juge avec sévérité les *Demi-Vierges*, de M. Marcel Prévost. « On n'écrit pas ces choses-là. Ça ne sert à rien et c'est malpropre. Ce jeune écrivain vaut mieux que ça. Il vaut mieux aussi que ses *Lettres de femmes* qui sont inqualifiables. Son roman, *la Confession d'un Amant*, qu'Alexandre Dumas avait recommandé, était presque de premier ordre. » Il a aimé *Sous-Offs*, de M. Lucien Descaves. Il a eu un faible pour M. Édouard Rod, mais le *Sens de la Vie* l'effraie pour l'avenir...

Vous pensez bien que je ne me préoccupais pas du service. Mlle Tatiane Tolstoï, à la gauche de qui j'étais, me fit remarquer que le « cadavre » attendait dans une assiette. Le « cadavre », c'était un rosbif rose et tendre.

« Nous n'en mangeons pas, » me dit Tolstoï. Et pour ne pas m'effaroucher, il ajouta en russe : Nous disons *cadavre* pour être polis. Sinons nous dirions de la... » — Ici le titre de la fameuse pièce de Baudelaire dans *les Fleurs du Mal* (poème xxx). Tolstoï est végétarien. Il ne boit pas de vin et n'en sert à table qu'aux malades. Nous buvons du kwass. Tolstoï ne fume plus. De même que ses matinées se passent toutes au travail et les journées à la promenade, les soirées sont consacrées à de longues causeries sous la lampe.

Mlle Marianne fait des « réussites » de cartes, et sa sœur Tatiane de la musique. La comtesse Tolstoï se mêle peu aux conversations littéraires. C'est, me dit-on, une femme supérieure et qui dirige tout en maîtresse de maison accomplie. Elle a été pour nous un hôte affable et bon.

Nous parlons de l'anarchie :

« On a eu tort, nous dit Tolstoï, de confondre les deux mots d'*anarchie* et de *terrorisme*. Ce n'est pas du tout la même chose. Élisée Reclus est un anarchiste. Ce n'est pas un terroriste. Cela n'implique nullement ceci. Mais comment le faire comprendre ? C'est comme pour le patriotisme, on ne veut pas se mettre d'accord. Clémenceau répondait l'autre jour à un article de moi là-dessus. C'est un homme avancé, Clémenceau, et cependant il s'élevait contre moi, qui estime que le patriotisme est une monstruosité. Clémenceau a tort : avec qui s'entendre sinon avec des hommes comme lui ?

» ... Oui, continue Tolstoï, Bebel disait à Fribourg, il n'y a pas si longtemps, qu'on ne saurait parler du désarmement général, — ni de la grève générale, — la France n'attendant que ce moment pour reprendre l'Alsace et la Lorraine.

» Que voulez-vous que je vous dise, c'est de la folie, de la folie toute pure. Ne voyez-vous pas que vous allez contre l'idée essentiellement religieuse ? Le Christ a dit : « Tu ne tueras » point. » Le patriotisme, au contraire, dit : « Il » faut tuer. » Vous n'êtes pas chrétien, si vous oubliez les enseignements du seul vrai Dieu et de son fils Jésus-Christ... »

Tolstoï, on le voit, ramène le patriotisme à ceci : un peuple rival d'un autre peuple se rue sur lui, — ce qui est une compréhension au moins étroite du patriotisme. Il estime que, en cas de guerre, celui-là est un vrai chrétien qui déserte la cause de sa patrie et refuse de tuer.

« Vous voulez que je devienne un meurtrier ; et moi je ne le veux pas, parce que Dieu et ma conscience me le défendent. Faites de moi ce que vous voudrez, mais n'espérez pas me rendre complice de vos projets d'assassinat. Telle sera la réponse, nous dit Tolstoï, que feront bientôt tous les hommes, parce qu'aujourd'hui la conscience humaine se soulève contre la violence qui a écrasé si longtemps le monde. »

M. Clémenceau, comme tous ceux qui ont discuté les idées de Tolstoï, mettait en présence deux patriotismes : le bon patriotisme, qui est représenté dans son essence par l'amour du foyer et de la langue, et le mauvais patriotisme, un patriotisme de conquête quand même. Tolstoï confond l'un et l'autre dans une même réprobation :

« Il n'y a pas de bon patriotisme. »

Mais, à côté des peuples forts, il y a des peuples faibles qui sont obligés de lutter pour la conservation de leur propre maison, ou même de leur religion.

A quoi Tolstoï répond que, puissant ou opprimé, il n'y a aucune différence à faire dans le patriotisme des peuples. Et le patriotisme est partout condamnable.

« Bien des personnes, dit-il, soutiennent que le patriotisme est bon qui consiste à n'avoir pas l'esprit de conquête ; du moins, il ne peut se départir de l'esprit de conservation, c'est-à-dire que les hommes tiennent à conserver ce qu'ils ont une fois conquis.

» C'est l'origine même des États. On ne peut conserver les conquêtes que par des moyens de conquête, autrement dit par la violence et par le meurtre.

» Le patriotisme ne peut pas être bon. Pourquoi ne dit-on pas que l'égoïsme peut être bon ? Ce que l'on pourrait affirmer à plus juste titre, l'égoïsme étant un sentiment naturel, inné, tandis que le patriotisme n'est pas naturel, c'est un virus qu'on nous a inoculé. »

Voyez encore ce qu'il écrivait dans une lettre à un publiciste polonais :

« Le feu sera toujours le feu, ardent et dangereux, qu'il flambe en un bûcher ou brûle au bout d'une allumette. Par patriotisme on entend d'ordinaire l'amour de son pays de préférence à tous les autres, de même que par égoïsme on entend l'amour de sa propre personne de préférence à tous les autres. Et il est difficile de se représenter de quelle façon cette préférence exclusive d'un pays peut passer pour une bonne et, partant, désirable vertu.

» L'égoïsme de l'homme que l'on égorge, direz-vous, est plus excusable que l'égoïsme de l'homme à l'abri de tout danger; et de même le patriotisme est plus excusable chez les opprimés que chez les oppresseurs. J'en demeure d'accord avec vous ; mais le patriotisme ne peut changer de nature suivant qu'il se manifeste chez les opprimés ou chez les oppresseurs. Et l'essence même du patriotisme — le fait de préférer un pays à tous les autres — ne comporte en soi, non plus que l'égoïsme, aucune bonté.

» Mais le patriotisme n'est pas qu'un mauvais sentiment : c'est de plus une doctrine déraisonnable.

» Quand on dit : patriotisme, on sous-entend non seulement un amour immédiat, involontaire pour son pays et la préférence qu'on lui accorde sur les autres, mais encore que cet amour exclusif est beau et fécond. Or une telle doctrine est particulièrement déraisonnable chez des peuples chrétiens.

» Elle est déraisonnable, non seulement parce qu'elle contredit le sens fondamental de la doctrine du Christ, mais encore parce que les enseignements du Christ, s'étendant à tout ce qui fait l'objet du patriotisme, rendent ce patriotisme superflu, inutile et encombrant comme le serait une lampe en plein jour.

« Un homme qui croit, comme Krasinsky, que
» l'Église de Dieu n'est pas tel ou tel lieu, tel
» ou tel rite, mais toute la planète et tous les
» rapports possibles des individus et des peu-
» ples entre eux », — cet homme-là ne pourra
plus être patriote, par la raison qu'il accom-
plira au nom du christianisme tout ce que le
patriotisme peut exiger de lui. Le patriotisme
exige, par exemple, de ses disciples qu'ils sa-
crifient leur vie pour le bien de leurs compatriotes ; or le christianisme nous demande un
pareil sacrifice pour le bien de tous les hommes ;
donc ce sacrifice est d'autant plus naturel lorsqu'il s'agit de nos compatriotes. »

Il n'est pas humain, selon Tolstoï, de préférer
à tout un compatriote. Pourquoi un Français
est-il porté plus naturellement à aimer un Français, un Russe un Russe, un Allemand un
Allemand ?

Simplement, répond Tolstoï, en vertu de ce
sophisme qui fait que nous confondons ce qui
est avec ce qui devrait être. Ce n'est pas ainsi
qu'il faut comprendre l'amour. L'amour doit
être universel. Nous devons aimer notre pro-

chain d'un même amour et être indifférents
aux origines, puisque nous venons tous de Dieu.
Et s'il en est autrement, la faute en est à notre
éducation, qui est mauvaise.

Au contraire : le devoir de l'humanité, comme
celui de tout homme isolé, consiste à étouffer
ses préférences et ses antipathies, à les com-
battre et à traiter résolument les autres peuples, les hommes des autres nations comme des
compatriotes. Considérer le patriotisme comme
un sentiment qu'il est désirable de cultiver en
chaque homme est absolument superflu. Dieu
lui-même, ou la nature, a si bien enraciné ce
sentiment dans nos âmes qu'il est devenu
inhérent à chacun. C'est donc prendre un soin
inutile que de chercher à l'acclimater en nous
et chez les autres.

Ce dont nous devons nous préoccuper, ce
n'est pas du patriotisme, mais de cette lumière
qui est en nous : il nous faut la projeter
sur notre vie, que nous pourrons ainsi modifier
en la rapprochant de l'idéal.

Or l'idéal qu'a devant soi tout homme éclairé
par la vraie lumière du Christ, ce n'est pas que
ressuscitent la Pologne, la Bohême, l'Irlande,

l'Arménie, ni qui se maintiennent l'unité et la grandeur de la Russie, de l'Angleterre, de l'Allemagne, de l'Autriche; il doit souhaiter, au contraire, la ruine de cette unité, de cette grandeur; l'anéantissement de ces groupements oppresseurs et antichrétiens appelés États, qui entravent la marche de tout progrès véritable, suscitent de la souffrance chez les peuples qu'ils assujettissent, causent enfin tout le mal dont souffre l'humanité entière.

Au fond, c'est la rébellion contre les pouvoirs établis que prêche Tolstoï. Cependant, comme il aime les saints Évangiles et qu'il les lit avec assiduité, il n'ignore pas que saint Paul a écrit :

« Que toute personne soit soumise aux puissances supérieures ; car il n'y a point de puissance qui ne vienne de Dieu ; et les puissances qui existent ont été établies de Dieu.

» C'est pourquoi celui qui s'oppose aux puissances s'oppose à l'ordre que Dieu a établi, et ceux qui s'y opposent attirent la condamnation sur eux-mêmes. »

Mais, ces textes, Tolstoï les combat à l'aide d'autres textes, du même saint Paul, de saint

Jean, de saint Mathieu et de saint Luc, qu'il
commente à sa façon. Si lui-même discute les
Évangiles, qui donc suivra leurs enseignements ? Il n'est pas jusqu'à ce mot de Jésus :
« Rendez à César ce qui appartient à César ;
rendez à Dieu ce qui est à Dieu, » que Tolstoï
n'envisage à sa façon : Au souverain terrestre
ce qui vient de lui : la monnaie. A Dieu ce qui
vient du ciel : la conscience. Ne pas faire pour
César ce que Dieu défend à la conscience. Ne
pas tuer pour César ou pour la patrie, puisque
Dieu le défend.

Tolstoï s'élève aussi contre l'absolutisme des
pouvoirs établis : « S'ils limitaient leurs exigences à nous faire bâtir des pyramides, des
temples ou des palais ; s'ils se bornaient même
à nous employer à leurs luxueux caprices, nous
pourrions à la rigueur laisser faire. Mais ils
nous contraignent au meurtre, aux raffine-
ments de ruse qui le préparent, c'est-à-dire à
l'action la plus manifestement offensante pour
Dieu et mortelle pour l'âme. Et, pour complaire
à ces pouvoirs de hasard, chancelants et éphé-
mères, j'irais oublier la loi de Dieu, immuable
et nettement définie ?

13

« Il faut obéir aux pouvoirs, me dit-on. Oui, certes, mais non au pouvoir de l'empereur, du roi, du président, du parlement ou des ministres, car je ne les reconnais pas, je n'ai rien à voir avec eux. Je ne dois soumission qu'à Dieu que je connais, qui m'a donné l'âme que je devrai lui rendre demain, si ce n'est aujourd'hui même.

» On nous prophétise des malheurs, si nous nous révoltons contre l'autorité. Rien n'est plus vrai si l'on veut parler de la seule autorité légitime, celle de Dieu. Et c'est précisément parce que nous faisons de graves infractions aux lois divines nettement écrites dans la Bible et dans notre cœur, que nous endurons les plus grands maux.

» Regardons en effet autour de nous : les riches, les oisifs s'enrichissent, et les pauvres, les travailleurs s'appauvrissent ; le peuple ne possède pas les terres qu'il cultive et mène une existence de bagne dans les usines pour confectionner les objets dont il ne fera pas usage ; ce même peuple est empoisonné par l'eau-de-vie que lui débite le gouvernement ; les fils du peuple, en devenant soldats, se corrompent, propagent des maladies et se dégoûtent du travail honnête; les riches trônent dans les tribunaux pour envoyer les pauvres en prison; les âmes sont abêties à l'Église et à l'École par des fonctionnaires et des prêtres, soudoyés avec l'argent des misérables; toute la force contenue dans la plèbe, son sang et son argent, est employée à entretenir une armée dont le souverain disposera pour ses besoins et ses intérêts personnels.

» Oui, certes, ce sont là d'effroyables calamités. Mais d'où vienent-elles, sinon de ce que les hommes, au lieu de ne reconnaître qu'un maître, Dieu, qu'une loi, celle qui est écrite dans le cœur, ont admis les règlements inventés par leurs semblables ? Si on n'obéissait qu'à Dieu, nul ne tuerait, nul ne se soumettrait à servir sous les drapeaux, à payer l'entretien des armées. »

Supprimez l'armée et vous en aurez fini avec le patriotisme, telle est la conclusion de Tolstoï, qui est, on le voit, une âme simple.

. . . .

Tolstoï s'intéresse à la renaissance idéaliste dont nous lui parlons.

« Le salut est en nous, dit-il. Il suffit que nous suivions les indications de notre conscience pour n'avoir pas à redouter les hommes ni surtout les reproches que nous ne manquerions pas, dans le cas contraire, de nous adresser à nous-mêmes.

» Je suis allé à Paris deux fois, il y a trente ans, et j'y ai pris grand plaisir. L'étude attentive de votre mouvement littéraire montre bien que la jeunesse est très sérieuse, aujourd'hui plus qu'hier. Elle a ses défauts, et en souriant Tolstoï dit : « Il y a ceux... » — mais il est permis d'espérer que les qualités prendront le dessus. »

Il est bien près de une heure du matin. Pour faire honneur à ses invités, Tolstoï est resté là malgré son fâcheux état de santé, et nous avons profité, en égoïstes, de son bon vouloir. Enfin nous devons rentrer cette nuit même à Toula : il nous faut prendre congé de nos hôtes hospitaliers. Dans le parc que notre *drojki* traverse, les rossignols chantent un hymne à la lune, qui se détache, énorme et toute rouge, à l'horizon. Le ciel, du bleu le plus pur, est cri-

blé d'étoiles. Ce sera, de Yasnaïa Poliana à
Toula, une promenade délicieuse, que nous
ferons au pas de notre cheval misérable, et en
fumant des cigarettes blondes.

LE COMTE LÉON TOLSTOI A L'ÉCOLE [1].

La plus grande réforme de la Russie con-
temporaine fut l'émancipation des serfs par
Alexandre II, le 19 février 1861. Presque en
même temps l'autonomie provinciale fut dé-
crétée, le service militaire déclaré obligatoire;
on institua la procédure orale des tribunaux et
le jury en matière criminelle; enfin l'instruction publique fut rendue accessible à toutes les
classes de la société.

Une tendance générale en faveur de l'éducation du peuple se manifesta. On se préoccupa
de donner à la littérature nationale une tour-

[1] L'École de Yasnaïa Poliana (1 vol.); — La Liberté
dans l'École (1 vol.); — Pour les Enfants (1 vol.); — Le
Progrès et l'Instruction publique en Russie (1 vol.), par le
comte Léon Tolstoï. — Savine, édit., Paris.

nure populaire. On fonda des écoles primaires et, par extension, des écoles d'adultes seulement ouvertes le dimanche, afin de permettre aux paysans et aux ouvriers d'y assistér régulièrement.

C'est à ce moment que le comte Léon Tolstoï, suivant l'exemple de la cour impériale, fit construire sur son domaine de Yasnaïa Poliana une maison en pierre, à deux étages, où il installa l'école de ce nom devenue célèbre.

« Deux pièces, écrivait-il dans son *Journal*, sont réservées aux enfants, deux autres aux maîtres ; une autre sert de cabinet de travail. Sur le perron, au-dessous de l'avant-toit, suspendue par un cordon, une petite cloche. Dans le vestibule d'en bas, le gymnase ; dans celui d'en haut, l'établi. Escalier et vestibules portent des marques de neige ou de boue ; même là, on peut lire sur les murs le tableau de l'emploi du temps. »

Mais cet homme d'un génie si troublant et si singulier devait, dès l'abord, soulever les plus vives critiques autour de sa façon de comprendre l'école. Ses familiers ne crurent guère au succès de son entreprise, et ses adversaires la considérèrent comme une nouvelle folie de ce prodigieux esprit. Quoi qu'il en soit, la tentative et l'œuvre pédagogique de Léon Tolstoï doivent nous arrêter : elles ont une valeur intrinsèque qui n'est pas contestable, et, en outre, il y a quelque intérêt à connaître le grand romancier sous une de ses formes généralement ignorées.

Au surplus, n'est-ce pas M. Michel Bréal qui a écrit à propos du fondateur de l'école de Yasnaïa Poliana : « Tous les hommes que préoccupe le problème de l'instruction populaire voudront connaître jusqu'au bout la pensée de ce noble et profond esprit (1) » ?

En commençant, Léon Tolstoï se pose deux questions : « *Que faut-il enseigner? Comment enseigner?* » Il se prend de querelle avec tout ce qui fait autorité dans le monde pédagogique d'Europe. Il s'élève avec violence souvent, avec passion toujours, contre cette surprenante conception qui consiste à appliquer à la race slave les mêmes méthodes qu'on a déjà appliquées, avec fruit d'ailleurs, aux races

(1) *La Liberté dans l'École.* (Lettre-Préface de M. Michel Bréal.)

germaines et aux races latines. Ni Pestalozzi,
ni Diesterweg, ni Denzel, ni Wurtz, ni Groubé
ne trouvent grâce devant lui, et il raille assez
méchamment la méthodique et l'euristique,
la didactique, le concentrisme, dont il fait res-
sortir l'obscurité auprès du vulgaire.

Mais — il est aisé de le remarquer — il en
veut moins à ces systèmes de ce qu'ils obligent
les élèves à apprendre de force, que de ce qu'ils
laissent les maîtres dans une ignorance relative. « Les procédés allemands, s'écrie-t-il à
tout propos, offrent cet immense avantage aux
instituteurs (et c'est là la cause de leur si
grande vogue) que le maître n'a pas ici de
grands efforts à faire; il n'a pas à étudier constamment, il n'a pas à réfléchir sur lui et sur les
méthodes d'enseignement. » Puis il insiste
sur ce point que, avec la méthode allemande,
l'instituteur emploie son temps à enseigner
aux enfants ce qu'ils savent déjà, et que, en
outre, il enseigne d'après un manuel, ce qui lui
facilite la besogne.

Enfin, ce dont ne veut pas Léon Tolstoï,
et à aucun prix, ce qu'il bannit préférablement
à tout, c'est la contrainte. Ayant une confiance

illimitée dans le moujik (même enfant), dont il vante l'intelligence, la grande science de la vie pratique, le dégoût de tout ce qui est faux, il est arrivé à cette conclusion, pour lui absolue, que le *criterium* de la pédagogie, c'est la liberté ; que la seule méthode d'instruction, c'est l'expérience.

Ainsi résolut-il, théoriquement du moins, une partie du problème plus haut proposé : « *Comment* enseigner? »

Tolstoï prétend s'en être bien trouvé : « Je ne forçais personne, et si je remarquais que les élèves n'appliquaient pas volontiers tel ou tel point, je ne le leur imposais pas, et je cherchais autre chose. » Ce qui revient à dire : Ai-je le droit, moi professeur, d'indiquer à l'élève la matière à apprendre, ou bien est-ce l'élève qui doit pouvoir décider en dernier ressort? L'auteur de *Que faire?* pense que le moujik doit rester son propre maître, même en matière d'enseignement. Il est vrai que, pris en général, le paysan slave n'a pas grande ambition ; il limite volontiers son désir de savoir à l'art de lire et d'écrire le russe et le slave — et au calcul. Peu lui importent l'histoire naturelle, la géographie, et même l'histoire de son pays. Il les juge inutiles, en tout cas superflues dans le cerveau de ses enfants. Deux sciences lui suffisent : les sciences exactes, qui échappent aux fluctuations de l'opinion, — et les langues étrangères. On peut être certain que Léon Tolstoï donne raison au moujik dont il cite le mot : « Je ne dois savoir qu'une chose : ma langue et celle de l'Église avec les lois du calcul; quant aux autres sciences, si j'en ai besoin, je les apprendrai moi-même. »

En France, nous nous demanderions tout d'abord si, quand nous en aurons besoin, nous pourrons les apprendre nous-mêmes et sans le secours de personne, si les difficultés de l'existence nous le permettront, en un mot s'il en sera temps encore? Mais il y a beaucoup de choses que nous nous demanderions, si les théories du comte Tolstoï étaient à la veille de recevoir une application chez nous.

C'est ainsi que les esprits pondérés (et n'est-ce point chez eux que réside la sagesse?) voudront savoir comment on s'y doit prendre pour déterminer le degré de liberté qu'on peut admettre dans l'école.

Léon Tolstoï aimerait mieux répondre, tout de suite, et brutalement, que cette liberté doit être absolue. Il tourne autour de ce dernier mot quand il dit : « Cette liberté ne saurait être délimitée scrictement ; elle se mesure uniquement au degré de savoir ou d'aptitude du maître. Elle n'est pas une règle fixe (ce ne serait plus la liberté) : elle sert à établir la comparaison des écoles entre elles et des nouvelles méthodes introduites dans l'enseignement scolaire. L'école où la contrainte est moindre vaut mieux que l'école où la contrainte est plus grande. La méthode qui, à son introduction dans l'école, n'exige pas un renforcement de discipline, est bonne ; mais celle qui exige une plus grande sévérité est sûrement mauvaise. » Que sera-ce s'il n'y a ni discipline d'une part et, partant, ni sévérité de l'autre ?

Tout cela bien considéré, il y aurait trois manières d'élever les moujiks : l'ancienne manière, ou congréganiste, ainsi appelée parce qu'avec elle on faisait commencer les enfants par la lecture des Psaumes et de la Bible ; — la seconde, ou manière allemande, objective, si l'on préfère ; — enfin la manière de Tolstoï, résumée tout entière dans ce mot de *liberté*.

Au point de vue de l'harmonie, il en dit lui-même ceci : « Dans l'école congréganiste, on entend les cris monotones et non naturels de tous les élèves, et, de temps en temps, les cris sévères des maîtres ; dans l'école allemande, on entend seulement la voix du maître, de temps à autre les timides voix d'élèves ; dans la mienne, on entend les éclats de voix des maîtres et des élèves ensemble. » Laquelle de ces écoles obtiendrait la préférence des maîtres français ? — Il n'y aurait pas grand mérite à le prophétiser.

On le voit, Léon Tolstoï est loin d'être pour la stagnation en matière pédagogique. Pour en finir avec ses théories, et avant de montrer les résultats, il nous faut nous arrêter à l'une des idées qu'il a le plus caressées et qui, du reste, hâtons-nous de le dire, est en bonne voie d'accomplissement dans toutes les provinces russes. Il s'agit de l'initiative privée (un peu contrariée par certaines ordonnances ministérielles qui parurent en 1870, et dont le but était surtout d'enlever le plus d'autorité intellectuelle possible au parti nihiliste), qui, malgré tout, reprend, à l'heure actuelle, un nouvel essor.

Avant 1870, il existait un nombre considérable d'écoles — non officielles — dirigées par des sacristains chassés, par des soldats et même par des *dvornicks* (portiers). Les enfants y apprenaient à lire et à écrire, et l'on sait que les moujiks qui savent compter jusqu'à cent n'en demandent guère plus. Bonnes ou mauvaises, ces écoles étaient « naturelles », et, affirme Tolstoï, se développaient en raison directe des besoins du peuple. On a supprimé ces écoles trop rudimentaires ; on en a interdit, d'une façon formelle, la réouverture. Tolstoï, qui est loin d'en être satisfait, écrivait en 1885 qu'il fallait laisser au peuple toute latitude ; que, connaissant ses propres besoins, il savait mieux que personne où trouver les bons maîtres. Enfin il adressait une admonestation au *zemstvo* (conseil général) de la province :

« Il doit se rappeler que la première forme de l'école, l'idéal auquel il faut tendre, ce n'est point la maison en pierre, en fer et en planches où l'on installe l'école moderne, mais l'*isba* même où demeure le moujik, avec les mêmes bancs, les mêmes tables sur lesquelles il

mange ; ce n'est point le professeur en redin-
gote, ou l'institutrice en chignon, mais un
maître en caftan et chemise, ou une maîtresse
avec un fichu sur la tête ; ce n'est pas une centaine d'élèves, mais cinq, six et jusqu'à dix. »
(Lisez : mon désir est la multiplication à l'infini
des écoles pour le peuple, fondées par lui, et
par lui alimentées.) Et concluez par ceci : que
le *zemstvo* doit obéir à deux préoccupations :
premièrement, que le professeur soit le moins
cher possible ; secondement, qu'il se rapproche,
autant qu'il se peut, du peuple par son éducation.

C'est d'une indéniable rusticité ; mais Léon
Tolstoï ne dit pas si, ainsi entendue, l'initiative
privée donnerait d'autres résultats que ceux de
l'écriture et de la lecture enseignées à quelques
petits moujiks. Il n'en a pas tenté l'expérience ;
en tout cas, il ne l'a pas dit ; et il y a gros à
parier qu'il n'y eût pas manqué si, l'ayant
tentée, elle lui eût paru concluante.

Ce qui est certain, c'est qu'en Russie, plus
que partout ailleurs, l'initiative privée aide,
dans une large mesure, les pouvoirs publics.
Le mouvement qui commença dès 1861 n'a fait

que s'accentuer dans ces dernières années, où les écoles du dimanche, copiées sur l'école modèle de Kharkof (et que Mme Christine Altchévsky dirige avec un soin pieux), se sont multipliées. Il semble que là soit, plus que dans le système du comte Léon Tolstoï, le re- mède à l'ignorance des moujiks.

Du moins, nous pouvons nous rendre un compte à peu près exact de la tentative de Yasnaïa Poliana, à laquelle Tolstoï a consacré une partie de son existence. Là surtout il est passé de la théorie à l'expérimentation, et on ne peut que gagner à parcourir ce qu'il en a dit, à considérer les résultats, si toutefois ils existent autrement qu'à la surface.

Je l'ai déjà indiqué, le comte Léon Tolstoï est passionnément épris de liberté. Comment entend-il ce mot, appliqué à la pédagogie ? Les élèves qui fréquentent l'école de Yasnaïa Poliana diffèrent absolument des élèves qui fréquentent nos lycées, nos collèges et même nos écoles primaires. Tandis que les programmes français (ils sont, à peu de chose près, sem- blables aux programmes suisses; austro-

hongrois et allemands) laissent au maître toute
initiative quant aux travaux à faire en dehors
des heures de classe, le programme de Tolstoï
est nettement le contraire. Non seulement
l'enfant ne doit rien préparer à la maison, mais
encore on lui recommande de n'avoir aucun
souci de ses devoirs, le seuil de l'école franchi.
Il y a mieux : participe qui veut aux devoirs
à faire à l'école. Je ne voudrais pas être taxé
d'exagération ; aussi citerai-je cette page, qui
me paraît concluante. Il s'agit des enfants, le
maître ayant pris possession de sa chaire :

« Ils s'assoient où bon leur semble : sur les
bancs, les tables, sur l'appui de la fenêtre, sur
le plancher, dans le fauteuil. Les fillettes s'assoient toujours ensemble. Les amis d'un même
village, surtout les petits, — la camaraderie est
plus grande entre eux, — se mettent toujours à
côté l'un de l'autre. Dès que l'un d'eux a choisi
tel ou tel coin, tous ses compagnons, se pous-
sant, se glissant sous les bancs, viennent s'y as-
seoir côte à côte, et, promenant leurs regards
autour d'eux, manifestent par leur physionomic
un air de bonheur et de satisfaction, comme

14

s'ils se sentaient heureux pour la vie de se voir ici... »

Et plus loin :

«... C'est dans les moments qui précèdent les classes que l'animation, le tapage, les cris, le désordre sont à leur comble : qui traîne les bancs d'une salle dans l'autre, qui se chamaille, qui court à la maison chercher du pain, qui met ce pain à cuire dans la cheminée ; celui-ci arrache quelque chose à celui-là ; un autre fait de la gymnastique. »

Là encore, comme dans le tumulte du matin, il est plus aisé de les laisser se calmer d'eux-mêmes, et d'eux-mêmes prendre leurs places naturelles, que de les y contraindre par la force. Matériellement c'est chose impossible. Plus crie le maître, — cela est arrivé, — plus crient les élèves : ses cris ne font que les exciter...

Le tableau est pittoresque de cette classe en mouvement, mais je doute qu'il soit goûté autrement qu'en lui-même, et au seul point de vue artistique, si j'ose dire, par nos maîtres. Au

surplus, quelque révolution qu'il semble ame-
ner dans l'école, Léon Tolstoï se rend parfaite-
ment compte que l'organisation est à peu près
indispensable, qu'elle est la base essentielle de
la vie même de l'école. Or qu'est l'organisation,
sinon une des formes (et la plus parfaite) de
l'ordre? Et j'en arrive à penser que l'ordre,
tant honni par lui, n'est point pour déplaire à
Tolstoï. Mais il n'en fera pas l'aveu, parce que
ce serait l'écroulement de son système. Alors il
prend des détours.

Premièrement, dira-t-il, ce désordre (ou ordre
libre, la nuance n'est-elle pas jolie?) ne nous
paraît si effroyable que parce que nous sommes
habitués à une tout autre méthode, suivant laquelle nous avons été élevés nous-mêmes. Il
semble cependant que le désordre des classes
(ou ordre libre), s'il n'a rien d'effroyable pour
le spectateur, ne doit point manquer d'être plus
déconcertant pour quiconque visite Yasnaïa
Poliana à l'heure où, selon Tolstoï, « Kiruchka,
les dents serrées, tombe sur Tarasska, l'em-
poigne par les cheveux des tempes, le renverse
à terre ; il semble qu'il veuille défigurer son
ennemi, le laisser pour mort ». Le premier

mouvement du visiteur sera pour séparer les deux adolescents antagonistes, parce que cela est humain, ensuite pour éviter tout accident. Ce visiteur déplaira sûrement à Tolstoï, qui prêche la liberté et qui constate avec quelque malice que, une minute après, Tarasska est sous Kiruchka qui lui rend la pareille : avant cinq minutes, les voilà tous deux bons amis, assis côte à côte.

Il faut insister longuement sur ce point, qui, somme toute, renferme le système tout entier du comte Léon Tolstoï, lequel peut se résumer, ainsi qu'il l'a fait, par ces mots : désordre ou ordre libre. Il y faut d'autant plus insister que nos écoles sont précisément basées sur un système diamétralement opposé. Nos maîtres (et qui les blâmera ?) tiennent à l'ordre. Il faut, répètent-ils, qu'on puisse entendre une mouche voler. Est-ce là une contrainte trop grande, et surtout trop fatigante pour des enfants ? On peut presque, *a priori*, affirmer le contraire. Nos classes ne durent jamais plus de deux heures, au bout desquelles une interruption est jugée utile. Pendant deux heures, les enfants ne pourraient se livrer à une même besogne, et, l'observation l'ayant démontré, on a dû la varier autant que possible ; et c'est pourquoi aussi, voulant intéresser l'élève, j'allais dire l'amuser en l'instruisant, on est arrivé au système de l'éducation objective. Il n'est pas douteux que si, parlant des minéraux, par exemple, le maître fait défiler sous les yeux de l'enfant les objets d'étude, celui-ci y apportera une attention beaucoup plus soutenue, et il gardera de la leçon un souvenir beaucoup plus précis que celui qui lui reste, d'ordinaire, à la suite d'une description, quelque minutieuse qu'elle soit.

Le comte Léon Tolstoï, qui n'y était contraint par aucun programme officiel, reconnaît qu'il a dû instituer ou plutôt conserver l'habitude usuelle des notes. Il est vrai que cela est tempéré par ceci : les notes n'assignent aucun rang aux élèves. Ils en éprouvent, malgré cela, une certaine fierté, si nous en jugeons par les citations mêmes de Tolstoï :

« A moi cinq, avec la croix ! et à Olhuchka, quel grand zéro !

— Et à moi quatre !... » crie un autre.

« C'est pour eux-mêmes, dit-il, qu'elles sont établies, pour qu'ils y trouvent une appréciation

de leur travail. » (N'est-ce pas, aussi, pour sus-
citer leur émulation ?)

On est en droit de se demander comment il
donne les notes. Où le point de repère ? L'emploi du temps, dans une école où chacun a le
droit de travailler à sa guise, doit être étrangement varié, et si, tandis que Fetka se laisse ad-
ministrer des coups, si tandis que Michka et
Tvetzen s'occupent de botanique, un quatrième
lit des contes populaires, et ainsi de suite,
comment s'y prendront les maîtres pour juger
hebdomadairement des progrès de l'enfant, re-
lativement à ceux de tel autre, et surtout étant
acquis qu'il n'y a ni composition ni questions
orales (l'enfant aurait le droit strict de s'y sous-
traire !), ni rien enfin qui rende possible un pareil jugement ?

Malgré la joie des élèves dont j'ai cité les
exclamations, Tolstoï conclut ainsi :

« Les notes sont un vestige de notre organisation primitive, et elles commencent à tomber
d'elles-mêmes en désuétude. »

Il est permis de penser que c'est là l'avis d'un
métaphysicien qui oublie de se rappeler que,
tant qu'il y aura des hommes, la satisfaction de

leur amour-propre jouera un rôle prépondérant dans la marche ascendante de l'humanité.

Le comte Léon Tolstoï est un très grand poète. Son éloquence touche au biblique, et elle charme par cela même. On peut dire que, en dépit qu'il en ait, il est avant tout un rêveur, quelque chose comme un utopiste qui crierait très haut et à tout propos : « Je ne suis pas un utopiste! » et qui finirait par prendre son affirmation au sérieux. Tolstoï n'en reste pas moins, en pédagogie, un rêveur, depuis son déconcertant ouvrage sur *le Progrès et l'Instruction publique* jusqu'à *Pour les enfants.*

Il l'écrit à différentes reprises : Yasnaïa Poliana est une école où on lit beaucoup, où les têtes s'échauffent rapidement et où, les expériences extraordinaires se succédant avec rapidité, on doit avoir grand'peine à y former autre chose que ce qu'est le maître lui-même : des rêveurs. N'est-ce pas ce qui ressort de ces lignes, au sujet des exercices de physique :

« Cette leçon, telle qu'elle est devenue chez nous, la dernière de la soirée, *est la plus fan-*

tastique, la plus appropriée à la disposition d'es-
prit qu'engendre la lecture des contes. Et c'est,
en effet, comme un conte. »

Tout se personnifie pour les enfants : la baie
de genièvre qui repousse la cire à cacheter, l'ai-
guille aimantée qui décline, la limaille qui
court sur la feuille de papier sous laquelle on
promène un aimant, tout cela apparaît comme
autant d'êtres vivants.

Après ce conte, palpable en quelque sorte,
on commente du Gogol, et, toujours selon la
prédisposition spirituelle du maître, on tombe
d'accord sur ce point qu'il faut lire *le Sorcier,*
c'est-à-dire une des pages de la littérature
russe les plus affolantes qui soient. Et Tolstoï
est tout heureux de l'impression produite, de
cette tenace surexcitation des esprits qui
pousse les enfants à mimer la sorcière et à
parler constamment de l'histoire entendue. Il
faut lire cette promenade extraordinaire à travers la campagne, et que Tolstoï fait avec les
enfants, « une nuit d'hiver sans lune, avec les
nuages au ciel... » On y parle des loups, des
brigands du Caucase, des précipices où courent

les elfes et les gnomes — et même du diable. Tolstoï énerve toujours davantage ces frêles imaginations. Poète lui-même, il ne s'aperçoit pas du rôle funeste qu'il joue et qui est celui d'accident dans leur vie morale ; il favorise l'éclosion en eux de la rêverie, qui ne peut manquer de leur être fatale dans la vie pratique de notre siècle.

Que deviennent-ils, ces enfants, ainsi élevés selon la méthode de Tolstoï ? Restent-ils simples moujiks ou s'élèvent-ils au-dessus de leur condition primitive, comme cela se produit pour le petit paysan français, devant qui s'ouvrent toutes les carrières, libérales ou administratives. Tolstoï ne le dit pas. Pourtant l'essentiel c'est, croyons-nous, de savoir si, un certain nombre d'élèves donné, qui suivent les cours de Yasnaïa Poliana, la proportion sera plus importante de ce que j'appellerai les affranchis que dans telle école officielle d'un district voisin.

Si les enfants apprennent avec plus de facilité quand ils sont chez le comte Tolstoï que lorsqu'ils sont ailleurs, il n'y a plus à sourire et il faut décréter la liberté dans l'école.

Comment envisager cette négligence de Tolstoï à nous renseigner? Conclure contre lui serait peut-être aller un peu loin. En tout cas, nous ne pouvons nous prononcer en sa faveur, toute statistique probante faisant défaut.

En fin de compte, ce qui se dégage le mieux de l'œuvre pédagogique de Léon Tolstoï, c'est qu'il ne veut pas du piétinement sur place. Ayant divisé les arguments qu'on a élevés contre ses théories en quatre catégories : religieux, philosophiques, expérimentaux et historiques, il les rejette tous, les déclarant également surannés. Et il ne s'aperçoit pas que, à son tour, il est essentiellement avec cette « histoire » à laquelle il semble en vouloir le plus. Les lois de l'esprit humain définies par Fichte, Kant et Hœckel, ni les milieux ne l'émeuvent. Ce qu'il veut, c'est que Fedka fasse et agisse à sa guise : « Abandonnez-vous au sentiment, le sentiment ne vous trompera pas. Confiez le paysan à la nature, et vous verrez qu'il y puisera ce que l'histoire vous chargera de lui transmettre, ce que vos propres souffrances ont élaboré en vous. » Il oublie volontiers que l'histoire des peuples est fertile en enseignements de toute sorte, et que les hommes politiques livrés à eux-mêmes n'auraient point abouti à grand'chose si, par sélection, les plus instinctifs d'abord, les plus intelligents ensuite, n'avaient dirigé leur marche en avant dans la voie du progrès et de la civilisation.

Sans doute, élever les enfants, les instruire et les éduquer, à l'heure actuelle, avec les systèmes qui datent d'un siècle, serait un crime de lèse-humanité. La pédagogie doit profiter des travaux scientifiques : elle doit suivre le mouvement évolutif, sinon le précéder, je veux dire sinon le faire pressentir. Mais rien n'indique que la pédagogie, même officielle (et qui, partant, ayant une responsabilité à encourir, doit être prudente), ne le veut pas. Il est, au contraire, fort aisé de prouver qu'elle en prend grand souci. Sa marche vers le meilleur *devenir* doit être sûre, et elle l'est, en effet.

Enfin, si nous considérons la pédagogie telle que l'entend le comte Léon Tolstoï, et, en regard, telle qu'en font actuellement l'application évolutive ceux qui sont chargés d'élaborer les programmes officiels, jusqu'à plus ample informé, nous tenons pour préférable le système en faveur duquel il n'y a pas que des arguments.

Ces réserves faites, l'œuvre pédagogique du comte Léon Tolstoï est du plus haut intérêt, d'une lecture captivante (comme tout ce qui sort de la plume de ce prodigieux esprit), et d'autant plus louable qu'il lui a consacré la plus grande partie d'une existence déjà longue.

. . . .

Par malheur, c'est tout ce qu'il reste de sa tentative : quelques livres curieux où sont consignés ses efforts. J'ai voulu voir l'école de Yasnaïa Poliana et, au cours de ma promenade dans le village, je m'en étais ouvert à Mlle Tatiane Tolstoï.

« Oh! me dit-elle, il y a bien longtemps qu'on a dû la fermer... Ça n'allait pas du tout, et, d'ailleurs, on la voyait de fort mauvais œil. »

Comme en rentrant à Moscou je demandais à un professeur de l'Université de me renseigner sur les résultats de la méthode autrefois mise en pratique par Tolstoï, il me répondit :

« En réalité, il n'y a eu à Yasnaïa Poliana qu'un élève réellement brillant, et cela ne lui a pas réussi : il est *izvostchik* dans le gouvernement de Toula. »

NIJNI-NOVGOROD

Nijni-Novgorod, juin 1896.

Je l'ai enfin vue, la ville aux cinq syllabes
mystérieuses, qui attirait si invinciblement le
noble et bon Théo, que, après avoir vainement
lutté pendant plusieurs mois, le poète des
Émaux et Camées se décidait à faire les cinq
mille kilomètres qui séparent Paris de Nijni-
Novgorod.

Nijni-Novgorod ! « Aucune mélodie, disait-il,
ne résonnait plus délicieusement à notre ouïe
que ce nom vague et lointain ; nous le répétions
comme une litanie sans en avoir presque la
conscience ; nous le regardions sur les cartes
avec un sentiment de plaisir inexplicable ; sa

configuration nous plaisait comme une arabesque d'un dessin curieux. »

Nijni-Novgorod est la ville qu'il faut avoir vue. Il n'en est pas de plus pittoresque, — même en dehors de l'époque des foires — car c'est ici que finit l'Occident et que l'Orient commence. Le Volga forme une ligne de démarcation sinueuse entre deux civilisations : nous étions hier, en dépit de tous, dans la vieille Europe ; aujourd'hui nous n'y sommes plus.

Le fleuve lui-même ne ressemble à aucun autre. Il a la profondeur de la mer, et, à certaines époques de l'année, il en a l'infini. Encore maintenant, deux mois après ses débordements, la plaine garde le souvenir de son passage : de larges marais où le ciel pur se reflète, et où des vols de corneilles et de jeunes cigognes s'abattent. C'est ici, au pied du Kremlin fatidique, que le Volga reçoit, dans un embrassement superbe et grandiose, les eaux de l'Oka. L'Oka et le Volga ! Lequel des deux est le fleuve ? Lequel la rivière ? Le courant empêche un instant leurs eaux de se confondre, mais bientôt, à l'extrémité de la pointe de Nijni-Novgorod, le Volga et l'Oka ne font plus qu'un.

C'est un spectacle singulièrement captivant que celui de ces deux cours d'eau, également puissants, et dont l'un absorbe l'autre par la force naturelle des choses.

La force des choses! Nijni-Novgorod lui doit d'être ce qu'elle est. On s'est, des siècles durant, disputé Nijni-Novgorod, mais la force des choses a finalement donné la victoire aux fils de Minime et de Pojarsky. Comment, en effet, déloger de ce Kremlin, perché comme un nid d'aigles, les fils héroïques du prince vaillant et du boucher fameux? Et voici enfin que depuis plusieurs siècles Nijni-Novgorod, pacifique et superbe, se laisse vivre, développant son commerce autour de son Kremlin, et, quand il l'a fallu, cherchant un exutoire de l'autre côté du fleuve.

Nijni-Novgorod proprement dite est formée du Bazar supérieur, sur le versant de la montagne, et du Bazar inférieur, le long de la rive de l'Oka et du Volga. La foire se tient sur la rive gauche de l'Oka. Un pont de bateaux fait communiquer la vieille Nijni et la nouvelle, la ville et la foire. Ce pont est reconstruit et démoli tous les ans quelques jours avant et quelques

jours après la foire, car il ne résisterait pas
aux fortes poussées des inondations du Volga.
Il faut admirer Nijni-Novgorod du haut du pont
et par un temps clair. En face, les monts de
Diatlow et le monastère de Blagovestchensky.
A gauche, la crête du mont Tchasovoï se
dresse, couronnée par le Kremlin et ses sanc-
tuaires : la tour Porokhovaïa et la cathédrale
de la Transfiguration, la tour Dmitrovskaïa et la
cathédrale Saint-Michel-Archange, des cathédrales encore et encore des tours. On raconte
que, à l'époque où Nijni-Novgorod était assié-
gée par les Tartares, une jeune fille ayant voulu
puiser de l'eau à la rivière de Postchania, qui
coulait autrefois près du Kremlin, des soldats
la saisirent. Elle lutta énergiquement, se dé-
battit et se défendit si bien, à l'aide de sa palanche, qu'elle se dégagea et en tua plusieurs.
Cependant elle succomba bientôt et mourut
percée au flanc. Le courage de la jeune fille
étonna les Tartares qui, dit la légende, « n'o-
sèrent plus rien entreprendre depuis. » La
tour au pied de laquelle se déroula cet acte de
vaillance s'appelle depuis tour de la Palanche
(Koromyslow).

15

Autour du Kremlin zigzaguent quelques rues à l'européenne, et ce ne sont pas les plus intéressantes. Puis, dévalant vers le fleuve, d'étroites ruelles, à pente raide, où nous vénérons au passage des ruines de l'époque tatare et des Bulgares au Volga, des maisons percées de fenêtres louches et où s'ouvrent des portes de crime : sur le seuil, de pauvres moujiks, passifs et à l'œil doux, la chevelure de chanvre... Le contraste est frappant. Il l'est bien plus encore si l'on pénètre dans un de ces réduits, qui nous apparaissent tout d'abord tels d'infâmes coupe-gorges.

Dans l'angle droit, une icone devant laquelle brûle la veilleuse, quelques sièges de bois, une table, et, clouée au mur, la large planche des isbas où repose la maisonnée. Sur les murs, deux chromos : l'Empereur et l'Impératrice. C'est pauvre, très propre, et d'une *honnêteté* de vie qui n'a point sa pareille. Mais nous sommes en Orient et, malgré les foires qui amènent ici comme un effluve annuel de civilisation, seuls quelques-uns se sont modernisés : le populaire est resté très en arrière, ignorant tout de l'Europe, même ignorant tout de la vie,

sinon qu'il y a quelque part, à Moscou ou à Pétersbourg, un seul Empereur, et, dans le ciel,
un seul Dieu, auquel on doit tout... Et si d'aventure le Tartare insolent faisait de nouveau des
siennes, les fils valeureux de Minime et de
Pojarsky, réunis dans leur Kremlin héroïque,
sauveraient de nouveau la Patrie, au saint
nom de Dieu et de l'Empereur.

J'ai vu Nijni-Novgorod du haut du Kremlin,
par un temps de bourrasque, où le vent souf-
flait en tempête. Une pluie torrentielle tombait.
De vifs éclairs sillonnaient le ciel, et l'Oka et
le Volga, ce jour-là tumultueux, donnaient
l'impression d'une mer furieuse. Plus un ba-
teau au large : tous s'étaient rangés sur les
bords du fleuve, et il n'était rien de plus saisissant que cette belle tempête qui faisait rage,
soulevant les eaux du fond de leur lit, secouant
jusqu'au pont en construction, qui avait des cra-
quements sinistres. Tout à coup, un violent coup
de tonnerre, et, comme obéissant à un signal, la
bourrasque s'atténue, la pluie cesse, un arc-en-
ciel encercle l'horizon où monte le soleil, les
bateaux reprennent le milieu du fleuve... Nijni-
Novgorod se remet à son beau labeur de ruche.

LES FOIRES DE NIJNI-NOVGOROD

ET L'EXPOSITION NATIONALE RUSSE (1)

Nous n'avons pas à refaire ici l'historique des foires du Volga, aujourd'hui foires de Nijni-Novgorod, et sur l'origine desquelles on n'est pas pleinement d'accord. Ce qui n'est pas douteux, c'est qu'elles remontent jusqu'au delà de l'an mil. D'abord tenues à Itil, chez les Khazars, à l'embouchure du Volga, les foires durent émigrer chez les Bulgares quand Itil fut détruite par les Slaves et les Grecs. Plus tard, le tsarat de Kazan fondé, la foire émigre sur le champ d'Arsky, au nord de Kazan. Les princes de Kazan ouvrent eux-mêmes annuellement la

(1) Rapport à M. le ministre du commerce.

foire par une série de fêtes, et de tous les
points de l'Asie, de l'Inde, de Perse, de Sibérie,
affluent les marchands. Les princes moscovites
disputent aux princes de Khazan la possession
du Volga, qui doit être pour le vainqueur une
source de richesses, et en attendant, ceux-là
établissent bientôt une foire russe à Vasie
(la Soursk actuelle). Mais il fallut encore des
siècles pour que la foire du Volga prît tout son
développement, à Vasie d'abord, à Makariev
ensuite, et enfin à Nijni-Novgorod où le gouvernement la transféra en 1816.

Nijni-Novgorod est de toutes les villes de
l'empire celle qui pouvait le mieux se prêter
aux vastes transactions des foires tradition-
nelles de la Russie. Par sa situation sur le
Volga, à l'endroit même où celui-ci reçoit les
eaux de l'Oka, Nijni-Novgorod offre les plus
larges facilités de transport. Nijni-Novgorod
n'est, en outre, éloignée de Moscou que de
quatre cent dix verstes. Cette considération
ne doit pas être perdue de vue, si l'on se rappelle que c'est à Moscou que de plus en plus se
concentre le haut commerce de l'empire.

La foire de Nijni-Novgorod occupa tout

d'abord des baraquements en bois dans une
vaste plaine sur la rive droite du Volga ; mais
Alexandre Ier consacra un million et demi de
roubles à la construction du « Bazar », bâtiments en pierre qui existent encore, et que
complètent des boutiques en bois élevées ré-
cemment. Il me paraît du reste que, quels
que soient les services que rendent ces dernières, leur transformation s'imposera un jour
ou l'autre, les incendies étant toujours à redouter avec les agglomérations inéluctables de
la foire : plus d'une fois déjà, notamment en
1872, ces boutiques ont pris feu.

Le vieux bazar de 1822, bâti par Bétancourt,
est au centre de la foire. Il se compose de
soixante corps de bâtiments, et de deux mille
cinq cent trente boutiques. Un canal circulaire
le dessert, sur le bord duquel se dressent également plus de deux mille boutiques, sortes de
halles à un ou deux étages formant rues, et
qu'on désigne du nom des produits qu'on y
vend ou des pays qui les envoient ; telles les
galeries des écorces de bouleau, des savons,
des coffres, des verreries, des fourrures, des
galeries d'Iaroslav, d'Ivanov, d'Arménie, etc.

Cependant les dénominations ne sont plus d'une rigoureuse exactitude, et l'on trouve dans telle galerie des objets qu'on s'attendait à trouver ailleurs.

On a creusé des canaux souterrains, à l'aide desquels il est procédé tous les soirs au nettoyage des catacombes de la foire, et ce n'est point un luxe inutile : à certaines époques, en effet plus de trois cent mille personnes passent là.

La foire de Nijni-Novgorod s'ouvre officiellement le 15/27 juillet et a une durée de quarante jours, jusqu'au 25 août/6 septembre. Mais les transactions ne commencent guère avant le 6 août et finissent en réalité à la mi-septembre. Un pont de bateaux est construit sur l'Oka, un peu avant l'ouverture de la foire, qui réunit celle-ci à la vieille ville : on le démolit le 10/22 septembre. A partir de cette date, les boutiques et les magasins sont définitivement fermés, et il est défendu d'y faire du feu et même d'y allumer toute lumière. D'ailleurs, cette ville est bientôt déserte, et les eaux de l'Oka, qui grossissent tous les ans pendant plusieurs mois, inondent régulièrement au prin-

temps le champ de foire. C'est le gros inconvé-
nient de cet emplacement qui réunit, à cela
près, toutes les conditions voulues : à la suite
de chaque inondation il faut réparer les boutiques, et c'est de ce chef une dépense annuelle
assez importante. La police de la foire est assurée par le Général-Gouverneur qui a les pouvoirs les plus étendus. Pendant quarante jours
la ville est déclarée en état de siège, et le gouverneur qui, en temps ordinaire, habite son
palais du Kremlin, passe ces quarante jours à
Glavny Dom, qui est le bâtiment principal de
la foire.

Les Sibériens sont les premiers acheteurs de
la foire de Nijni-Novgorod. Ils arrivent vers le
25 juillet/6 août et se retirent presque aussitôt
pour que les marchandises puissent être em-
barquées sur le dernier vapeur partant de Tver.
Les Caucasiens et les Persans, qui viennent
ensuite, sont les gros clients de la foire.

Les boutiques s'ouvrent à six heures du
matin. Les affaires les plus importantes se traitent non pas dans la boutique, mais au premier
étage où les marchands se tiennent en perma-
nence, les ventes moyennes étant opérées par

l'intermédiaire des commis. La foire prend toute son importance du 25 juillet/9 août au 5/17 août. C'est la période assez courte, en somme, où se négocient les transactions de gros. Puis se traitent les affaires de demi-gros et de détail et, vers la fin de la foire, presque exclusivement le détail.

Vers le 15/27 août, la foire commence à se vider. Le 25 août/6 septembre, les pavillons sont descendus : c'est le « jour de tribunal », tous les comptes doivent être réglés par lettres de change signées à la foire. Le 10/22 septembre se ferment les bureaux de l'administration ainsi que les boutiques.

On entend dire souvent que la foire de Nijni-Novgorod est en décadence et que dans un délai plus ou moins rapproché elle est destinée à disparaître. A quoi on répond que la foire de Nijni-Novgorod est moins que toute autre *touchée* par le progrès précisément à cause de sa situation qui, en effet, est unique. La foire de Nijni n'est point une foire locale qu'il suffit, pour l'annihiler, d'entourer de voies ferrées. Son action s'étend sur une partie notable de l'Europe même, et surtout sur les pays asiatiques, traditionnalistes entre tous, et fermés pour longtemps encore à la civilisation occidentale. Cependant il n'est pas douteux que le chemin de fer transsibérien pourrait avoir des conséquences fâcheuses pour la foire de Nijni. Le fait même de l'établissement de cette voie ferrée aura pour résultat immédiat de fermer à Nijni une partie des marchés et de lui enlever quelques-unes des marchandises qui alimentent certaines galeries de la foire. Mais on espère qu'il viendra d'autres produits et que, par ailleurs, on trouvera de nouveaux débouchés, d'autant plus que déjà, à diverses reprises, il s'est opéré des transformations de même ordre sur le marché de Nijni-Novgorod. Le canal de Suez, par exemple, aurait pu être fatal à Nijni : depuis, en effet, la vente du thé arrivant par mer fait une concurrence sérieuse à la vente du thé des caravanes. Autrefois c'était la foire de Nijni qui fixait les prix, mais aujourd'hui on est obligé de tenir compte des fluctuations des marchés qui reçoivent leur thé par mer. Aux grandes transactions de thé sont substituées les transactions sur les articles manufacturés qui,

elles-mêmes, ont une tendance marquée à diminuer par suite de la concurrence. Déjà Nijni
avait perdu presque entièrement le commerce
des blés qui a pris au contraire son plein développement dans les steppes du midi ; elle gagne
d'un côté ce qu'elle perd de l'autre et la foire a
su attirer le commerce du fer et le commerce
des cuirs. A vrai dire, il s'opère des transformations permanentes sur le marché de Nijni,
comme sur tous les marchés du monde ; mais
Nijni résiste d'autant plus facilement à toutes les
atteintes que, d'une part, sa grosse clientèle, et la
plus précieuse, lui vient du monde oriental, et
enfin et surtout que le système du Volga lui fait
comme un rempart naturel contre le progrès
occidental. Quoi qu'il arrive, on ne saurait
empêcher que le transit par eau des marchandises en petite vitesse ne soit meilleur marché
et, par certains côtés, préférable au transport
par voie ferrée, pour les marchandises volumi-
neuses telles que les matières brutes, productions de l'Asie .La foire se trouvant sur le chemin de transit entre l'Europe et l'Asie, les marchandises entrant dans la foire ne sont sujettes
à aucun surcroît de dépenses. La foire n'est

donc pas en contradiction avec les tendances actuelles du commerce qui cherchent à diminuer les frais de transport.

La science commerciale s'occupe de plus en plus des moyens de faciliter le mouvement de grandes masses de marchandises; de là le développement des transactions à l'aide desquelles les stocks passent facilement d'une main à l'autre, les ventes aux enchères qui sont d'origine anglaise et se répandent de plus en plus dans les autres pays. La foire de Nijni-Novgorod satisfait justement cette exigence du commerce ; elle fait le trafic en gros, et comme elle est le plus vaste des marchés, elle tâche d'attirer les masses. Elle ne se dérobe pas aux influences du temps, mais, comme un organisme souple et plein de vie, elle change de forme sans périr. Ces raisons que donnent ceux qu'intéresse l'avenir de la foire, il semble bien qu'on doive les accepter telles quelles. Il y a une autre raison qui a son prix. Il n'est pas toujours avantageux, on le sait, de fabriquer la marchandise sur commande seulement ; mais il arrive, comme le fait remarquer un historien de la foire, tantôt que le fabricant ne réussit

pas à vendre tout son stock, tantôt qu'il reste
une espèce de marchandise qu'il doit garder
pour compte. Comment s'en débarrasser ? Nijni
dispose de tous les moyens. Et d'abord sa clientèle est si nombreuse et si variée qu'elle suffit
à toutes les transactions, de quelque nature
qu'elles soient. En outre, on centralise à Nijni
tous les renseignements sur les besoins de telle
ou telle contrée, sur les envois attendus dans
telle autre. Bref, l'offre et la demande ne sont
nulle part, pour l'instant, plus sûres de se
trouver en contact qu'à Nijni-Novgorod. Du
reste, en admettant même que Nijni perde toute
son importance en ce qui concerne l'Occident,
il y a de fortes présomptions pour qu'elle la
conserve entière longtemps encore quant à
l'Orient, où la civilisation est à ses débuts.

La première exposition russe eut lieu à Saint-
Pétersbourg en 1829. Une loi décidait alors que
tous les cinq ans une exposition nationale se
tiendrait successivement à Saint-Pétersbourg,
à Moscou et à Varsovie. Mais, pour différentes
raisons, les expositions n'ont jamais ouvert
dans les délais prescrits par la loi. Néanmoins,

jusqu'en 1870, c'est-à-dire pendant une période de quarante et un an depuis la première exposition, il y a eu quatorze expositions dans les deux capitales et à Varsovie. La Russie prit en outre une part active à l'Exposition de Vienne en 1873, et l'on crut alors devoir différer la date de l'ouverture d'une quinzième exposition russe, qui aurait pu nuire à l'exposition russe à Vienne. De même la Russie fit de notables efforts à l'occasion des Expositions de Philadelphie en 1876 et de Paris en 1878, et c'est à cette époque qu'on décida pour 1881 une Exposition russe à Moscou. La mort de l'empereur Alexandre II empêcha la réalisation de ce projet, et c'est pendant l'été de 1882 que s'ouvrit à Moscou l'Exposition. Pour la première fois, e'le s'appela *Exposition des industries et des arts de Russie*, tandis que les quatorze précédentes n'étaient que des *Expositions manufacturières*. Ce changement de définition marque l'élargissement du cadre de l'Exposition de 1882. Celle-ci devait être une sorte de tableau récapitulatif des résultats du règne de l'empereur Alexandre II. Le cadre des expositions précédentes, qui ne comprenait que l'industrie manufacturière, était trop restreint, et l'on voulut faire représenter la production agricole, l'exploitation des forêts, l'élevage des animaux domestiques.

La guerre, la marine, les sociétés savantes et les institutions d'enseignement, de secours, de bienfaisance, la petite industrie de ménage y eurent leur place. La Pologne, la Finlande, le Caucase et le Turkestan exposèrent individuellement leurs produits afin d'en donner un tableau plus entier et plus complet.

Après l'Exposition de Moscou en 1882, la Russie envoya ses produits aux Expositions de 1885 à Anvers, de 1888 à Copenhague, de 1889 à Paris, de 1898 à Chicago, de 1894 à Anvers.

C'est en Russie même qu'il importait que l'étranger vînt à nouveau se rendre un compte exact des efforts incessants des usines, des manufactures, des industries villageoises, de la science dans toutes ses manifestations et des arts russes, et enfin le développement de son commerce extérieur. Une nouvelle exposition nationale s'imposait, qui devait faire défiler sous nos yeux treize années d'un labeur constant de ce peuple sage et entre tous acces-

sible au progrès industriel. M. Witté saisit
l'Empereur Alexandre III, si attentif à tout ce
qui intéressait l'avenir de son vaste Empire, et
un rapport dans ce sens, présenté au souverain, fut approuvé le 23 juin 1895. L'Exposition nationale était fixée à l'année 1896. Elle
devait se tenir à Nijni-Novgorod.

En choisissant Nijni-Novgorod pour l'Exposition de 1896, on a pensé que cette ville serait
le lieu le plus approprié à une aussi vaste entreprise, à cause de sa situation géographique.
Il s'agissait notamment de faire une large
place aux productions de la Sibérie et du Turkestan, et c'est à Nijni que les produits de ces
contrées peuvent être apportés avec le plus de
facilité. Nijni est au milieu du système du
Volga, aux points extrêmes de l'Occident et de
l'Orient, et on a vu que depuis longtemps cette
ville est le centre des transactions commerciales
de la Russie et de ses confins les plus éloignés.

La voie ferrée relie cette ville à Moscou, qui
commande au réseau des chemins de fer, et
aussi aux régions de la Sibérie jusqu'aux rives
de l'Ob.

Pour la réalisation de cette entreprise, une

commission, sous la présidence de M. le ministre des finances, fut instituée aux termes de la loi du 4 octobre 1893 sur l'Exposition des industries et des arts de Russie. Cette commission a été chargée de choisir l'emplacement de l'Exposition de Nijni-Novgorod, d'évaluer les dépenses qu'exigerait l'Exposition, d'examiner les projets de construction des bâtiments et de décider sur toutes les questions y afférentes. Par la même loi du 4 octobre 1893, un comité d'organisation était constitué à Nijni-Novgorod pour décider des questions à résoudre sur lieu et place, des travaux ayant pour but l'établissement du bon ordre à Nijni-Novgorod et à la foire, et pour la délibération préalable de tout ce qui avait trait à l'Exposition.

C'est le programme même de l'Exposition nationale russe de Moscou (1882) qui a servi de base aux travaux de la commission. Ainsi le classement des objets exposés est le même, à très peu de chose près, complété par la création d'un certain nombre de sections : haras et industrie des haras : chasse, pêche et pelleteries ; économie forestière, art industriel ; architecture, génie civil et navigation.

16

La classification des matières exposées comprend sept cent quatre-vingt-six classes formant deux cent seize groupes répartis en dix-neuf sections et cinq sous-sections. Cette classification est la suivante :

I. — Industrie agricole.

II. — Aministration des haras et élevage des chevaux.

III. — Animaux domestiques.

IV. — Horticulture, jardinage, production des fruits.

V. — Chasse et pêche.

VI. — Sylviculture, économie forestière, technologie forestière.

VII. — Industrie minière et métallurgique.

VIII. — Production de matières filamenteuses (lin, chanvre, coton, laine, soie).

IX. — Produits industriels (usines, fabriques, artisans).

X. — Industrie artistique (bronzes, joaillerie, photographie, instruments de musique).

XI. — Petite industrie de ménage des campagnes.

XII. — Machines et leurs accessoires électrotechniques; sous-section d'appareils contre les incendies.

XIII. — Sibérie et commerce de la Russie avec la Chine et le Japon.

XIV. — Turkestan et commerce de la Russie avec la Perse.

XV. — Guerre.

XVI. — Marine militaire.

XVII. — Industrie de construction, génie, armature, architecture, bâtiments incombustibles; chaussées et chemins de fer; ponts; voies de communication en Sibérie.

XVIII. — Exposition des beaux-arts.

XIX. — Instruction publique, avec les sous-sections de la bienfaisance, de l'hygiène publique, de la Société russe de la Croix-Rouge et de la Société russe de Sauvetage sur eaux; météorologie.

XX. — Extrême-Nord.

L'organisation des sections de l'Exposition a été répartie entre les administrations suivantes:

Le ministère des finances (sections VIII, IX, X, XII, XIII, XIV et XX).

Le ministère de l'agriculture et des domaines (sections I, III, IV, V, VI, VII et XI).

L'administration des haras de l'Empire (section II).

Le ministère de la guerre (section XV).

Le ministère de la marine (section XVI).

Le ministère des voies et communications (section XVII).

L'académie des beaux-arts (section XVIII).

Le ministère de l'instruction publique, la chancellerie de Sa Majesté pour les établissements de l'Impératrice Marie, les sociétés de la Croix-Rouge, de sauvetage et d'hygiène (section XIX).

L'Exposition couvre une superficie de soixante-dix-sept déciatines, soit trois fois plus que l'Exposition de Moscou en 1882, et quelques hectares de plus que l'Exposition de Paris en 1889.

Des pavillons spéciaux ont été réservés aux expositions de Sibérie, de l'Asie centrale et de l'extrême-Nord. Les pavillons, très nombreux, sont généralement d'un effet pittoresque et se rapprochent presque toujours des styles originaux russes à toutes les époques de l'histoire nationale. Le bâtiment central est le même

qu'on avait élevé à Moscou en 1882, et qui y
était demeuré depuis sans attribution. On a pris
dès le début des dispositions contre l'incendie.
Les divers pavillons et bâtiments sont entourés
à l'intérieur et à l'extérieur d'un réseau de
tuyaux, dont les appareils de distribution sont
à trois robinets et distants l'un de l'autre de cinquante sagènes. L'eau sort à l'aide de pompes
à tuyaux étroits actionnées par trois robinets,
dont la force est calculée de façon que les trois
robinets donnent douze jets d'eau à une distance de trente sagènes. La quantité d'eau
fournie par chaque robinet est de cinquante
vedros par minute. Il y a un total de soixante-
dix robinets. Deux postes de pompiers sont installés à l'Exposition.

Les prix d'entrée ont été ainsi fixés : les dix
premiers jours on payait un rouble. En temps
ordinaire, le prix est de vingt kopecks, les dimanches ; d'un rouble, les lundis ; de trente
kopecks, les autres jours de la semaine ; des
carnets de dix entrées sont délivrés avec 10 %
de réduction, de vingt entrées avec 20 %, et
de trente entrées avec 30 %.

Le guide officiel de l'Exposition est mis en

vente en une édition ornée de quatre-vingts gravures et de trente planches en couleurs. Ce guide fait l'historique de Nijni-Novgorod, de ses monuments, de la foire, et une description de l'Exposition de 1896 par sections; il contient aussi des indications pour les visiteurs : lignes de chemins de fer et bateaux à vapeur ; liste des hôtels, etc. Ce guide a été publié en russe, en français, en anglais et en allemand.

Les hôtels et les garnis de Nijni-Novgorod disposent en temps ordinaire de quatre mille chambres qui suffisent à loger les hôtes très nombreux de la foire. Par les soins de l'administration de l'Exposition, on a installé dix nouveaux hôtels dont deux dans la ville même, sept dans le voisinage de l'Exposition et enfin un hôtel flottant sur l'Oka. Ces hôtels n'ont pas moins de trois mille chambres dont le prix du loyer, fixé par l'administration de l'Exposition, d'accord avec les gérants, ne pourra être élevé, pendant la durée de l'Exposition, au-dessus du taux convenu, lequel varie de deux à sept roubles par jour. Les prix des consommations dans les hôtels et les restaurants ont également été fixés par l'administration et ne

peuvent dépasser les prix des restaurants et des
hôtels de Moscou et de Saint-Pétersbourg. En
outre, à la suite d'une demande faite par l'en-
tremise des journaux, M. le commissaire
général de l'Exposition a reçu un grand nombre
d'offres pour la location de chambres et d'appar-
tements aux hôtes de l'Exposition par des
particuliers ; la liste de ces offres, comprenant
douze cents chambres meublées, est publiée et
communiquée à tous ceux qui s'adressent à la
chancellerie du commissaire général. Pendant
la durée de l'Exposition, tous les renseignements nécessaires sont fournis aux hôtes de
l'Exposition par un bureau spécial. Des bureaux
auxiliaires fonctionnent enfin à cet effet dans
les gares du chemin de fer de Moscou-Nijni à
Moscou et à Nijni-Novgorod.

Telle est, rapidement passée en revue, l'organisation de la seizième Exposition nationale
russe.

S'il était besoin de conclure, on pourrait s'en
tenir à cette constatation qui frappe tout de
suite les esprits, qu'en moins de trois ans on a
pu mettre sur pied l'œuvre pour laquelle
M. Witte obtenait au mois d'octobre 1893 l'ap-

probation de l'Empereur. Si l'on veut bien se rappeler que les eaux de l'Oka et du Volga inondent pendant plusieurs mois, au printemps, le terrain même où s'élèvent les bâtiments de l'Exposition, qu'au mois de mai 1896 il fallait travailler avec quarante centimètres d'eau de hauteur sur toute l'étendue des chantiers, on sera émerveillé du résultat. D'autant plus que l'ouverture s'est effectuée, à la date fixée, le 28 mai/9 juin, dans les conditions les meilleures, tous les bâtiments et pavillons debout, et pour ainsi dire presque entièrement achalandés. Cela est si vrai qu'il a suffi de quelques jours après l'inauguration officielle pour que tout fût prêt. L'honneur de ce premier succès — il ne m'appartient pas de traiter de l'Exposition au point de vue industriel — revient à M. Witte, ministre des finances, et à ses collaborateurs, M. Kovalewsky, directeur du commerce et des manufactures, et M. Timiriazew, commissaire général.

RETOUR EN FRANCE

CONCLUSION

Je rentre en France après avoir passé cinq
semaines en Russie. Les circonstances de mon
séjour à Saint-Pétersbourg, à Moscou et à
Nijni-Novgorod sont connues du lecteur. Il a
pu juger qu'elles ont été telles que je devais
fatalement me trouver en contact, dans ces
trois villes, avec des représentants de toutes
les classes. J'ai pu m'entretenir, et plus d'une
fois très longuement, avec un certain nombre
de personnalités du monde diplomatique, de
la finance, de l'industrie, du commerce. La
veille même de la douloureuse catastrophe de
Khodynsky-Polé, et grâce à d'obligeantes en-

tremises, j'étais entré en contact avec le populaire, en me mêlant à la foule qui stationnait dans le Tverskaïa, sur le passage des grands-ducs. Il serait donc surprenant que je n'eusse point senti battre vraiment le cœur du peuple russe, ni recueilli la *vérité* d'en haut. Quelles impressions rapportons-nous ? C'est ce que nous voudrions essayer de définir en manière de conclusion à ce livre qui n'a pas d'autre mérite, à nos yeux, que d'être un livre d'études et d'observations rapides, et écrit de bonne foi.

Combien d'entre nous s'imaginaient, en quittant Paris, qu'ils n'auraient qu'à dire : « Je suis Français, » pour que toutes les portes s'ouvrissent instantanément ! Nous voulions tout savoir, et sans souffrir qu'on retardât d'une minute les confidences. Nous réclamions la première place partout et toujours, et nous nous étionnions qu'on ne mît pas, à nous satisfaire, toute la diligence que nous aurions souhaitée. Et que signifie cela, sinon que nous n'entendons pas la vie comme les Russes, que nous sommes pressés et qu'ils savent attendre, que nous nous agitons dans le vide, qu'un quart de siècle de République nous a fait perdre le sentiment des

hiérarchies, que nous toisons les puissants et
qu'ils les vénèrent, et qu'au contraire des
Russes nous rabaissons tout à notre taille? Au
déduit, comme disaient nos pères, nous sentons
à merveille que ce sont eux qui ont raison, et
quand nous recherchons les causes de certains
faits qui nous ont frappé, nous finissons toujours par comprendre que la différence seule
des points de vue nous sépare dans la vie ordinaire et courante. Elle ne nous sépare plus
dans le chemin de la politique et de la diplomatie.

C'est la force et la caractéristique de ce
peuple, qu'il n'obéit jamais à ses propres
impulsions. Il tient directement sa *pensée* de
l'Empereur. L'Empereur est véritablement
l'Autocrate par qui tout vit, tout se meut, tout
agit. Il y a communauté d'intérêts, certes, entre
la France et la Russie, mais nul ne se serait
avisé de le proclamer s'il avait déplu à l'Empereur, et ceux-là mêmes qui ont le plus fait pour
en arriver à l'état de choses actuel savent qu'il
eût suffi d'un regard du souverain pour faire
taire leurs espérances. Dieu merci, ces espérances se réalisent présentement, de par la vo-

lonté de l'Empereur. Le peuple, en général, ignore tout ce qui n'est pas l'Empereur ou n'émane pas directement de lui. En revanche, il est tout entier avec qui est désigné par le souverain. C'est dire que le peuple est avec la France. Les fonctionnaires, du plus petit au plus grand, les marchands, les nobles et la cour ont trop souffert de l'influence allemande pour ne point la desservir quand, d'aventure, elle se manifeste encore. S'il y a quelques dissidences, comme on le dit, elles disparaîtront avec le temps. Dans tous les cas, elles sont purement théoriques, du moment que l'Empereur a parlé.

Par ce qu'on nous avait dit du peuple russe, par les livres que nous avions lus, par les rapports de notre diplomatie, nous savions ce qu'il était naguère : nous avons pu juger de *visu* les progrès rapides qu'il a faits. Partout s'élèvent des usines, s'ouvrent des manufactures, se créent des ateliers de toute sorte. On vit en Russie une vie intense, grâce à laquelle tous les terrains seront, dans cinquante ans, en pleine valeur, des milliers d'usines fonctionneront, la métallurgie solidement établie dans

les steppes où dorment des trésors... Nous
fournissons à nos amis les capitaux nécessaires à la mise en œuvre de cette richesse
industrielle et commerciale qui sommeillait,
et il me paraît que, cela faisant, nous leur
rendons un très réel service. Mais qui songe-
rait à s'en plaindre, et quel orgueil sera le nôtre
quand, dans moins d'un demi-siècle, la Russie
contre-balançant à l'autre extrémité de l'Europe
l'influence économique de plus d'un grand
peuple égoïste, nous pourrons nous dire que
nous y avons largement contribué, et de tout
cœur, et que si elle est plus puissante que
jamais, et plus riche, la France y est un peu pour
quelque chose !...

Paris, octobre 1896.

FIN

TABLE

256   TABLE

ÉMILE COLIN. — IMPRIMERIE DE LAGNY

AVIS DE L'ÉDITEUR

Le but de la collection des *Auteurs célèbres*, à **60** *centimes* le volume, est de mettre entre toutes les mains de bonnes éditions des meilleurs écrivains modernes et contemporains.

Sous un format commode et pouvant en même temps tenir une belle place dans toute bibliothèque, il paraît chaque quinzaine un volume.

CHAQUE OUVRAGE EST COMPLET EN UN VOLUME

En jolie reliure spéciale à la collection, **1 fr.** l[...]

(ENVOI FRANCO CONTRE MANDAT OU TIM[...]

PARIS. — IMPRIMERIE E. FLAMMARION, RUE RACI[...]

www.ingramcontent.com/pod-product-compliance
Lightning Source LLC
Chambersburg PA
CBHW070455030726
47503CB00004B/1054